エルフ王と愛され子育て

櫛野ゆい

幻冬舎ルチル文庫

CONTENTS ✦目次✦

✦エルフ王と愛され子育て

✦カバーデザイン＝齋藤陽子（CoCo.Design）
✦ブックデザイン＝まるか工房

イラスト・石田 要✦

エルフ王と愛され子育て

「せんせー、おやすみなさい」

「おやすみなさい！」

スモック姿の園児たちに次々挨拶《あいさつ》されて、宮坂尚人《みやさかなおと》はにっこり笑みを浮かべた。

「はい、おやすみなさい」

尚人が勤めるひまわり幼稚園では、お昼ご飯の後、お昼寝の時間が設けられている。年長組であるユリ組を受け持っている尚人は、床に敷かれたマットに次々寝ころび、タオルケットを被《かぶ》る園児たちの手伝いをしてやった。

と、そこへ、タオルケットを抱えた一人の男の子が歩み寄ってくる。

「せんせ、オレまだねむくないー」

「康太《こうた》くん」

眠くないと主張しながらも、とろーんとした目をしきりに擦《こす》っている康太に、尚人は苦笑を浮かべた。ガキ大将で、いつも元気いっぱいの康太は、眠いけれどまだまだ遊びたいのだろう。

尚人はしゃがんで康太に向き合うと、優しく言い聞かせた。

「そうなの？　でも、お昼寝したら、またみんなといっぱい遊べるよ」

「んー」

「ほら、試しにここにころんでして、ちょっとだけ目、閉じてごらん。次に目を開けたらもう、みんなと遊べるから」

ね、と促すと、康太がむにむにと顔をしかめながらマットの上に寝ころぶ。

「せんせ、オレがねるまでちゃんと『とんとん』してて……」

「うん、するする。起きたら先生とまたいっぱい遊ぼうね」

「ん……、やくそく、だよ」

うんうん、と頷《うなず》いた尚人が指先でお腹《なか》を『とんとん』と優しく叩《たた》くと、眠気が限界だったのだろう、康太はすぐにすうすうと寝息を立てて眠り始める。くすくすと笑みを零《こぼ》して、尚人は他の園児たちの様子を見て回った。

午前中の鬼ごっこで体力を使い果たし、お弁当でおなかいっぱいになった園児たちは、今日はどの子もみんなすぐ寝入ってくれたようだ。数分もしない内に、教室はそれまでの喧噪《けんそう》が嘘《うそ》のように静まりかえり、小さな寝息や寝返りの音が聞こえてくるだけになった。

（さて、と……。今の内に、連絡帳書かなきゃ）

ひと通り園児たちを見回った尚人は、朝に集めた連絡帳を積んだ机に向かった。一人一人、今日はどんな活動をしたか、どんな成長があったかを書き込んでいく。

尚人がこのひまわり幼稚園に勤め始めて、もう六年になる。最初の頃《ころ》は元気な園児たちに振り回され、日々湧《わ》き起こる無理難題やイタズラに目を回し、体調の変わりやすい子供たちに気を配るのでいっぱいいっぱいだった尚人だが、多くの子供たちと接し、たいていのことには動じず対処できるようになってきた。

とはいえ、子供は大人が考えつかないようなことをしでかす天才なので、なにが起きても不思議はなく、日々気は抜けない。

（でも、どの子もみんな可愛《かわい》い、僕の大事な受け持ちの子たちだ）

人様の大事な子供を預かるというのは大きな責任の伴うことだし、体力勝負な上、男性の幼稚園教諭はまだまだ珍しく、時には親御さんからすぐには信頼してもらえなかったりもする。

特に尚人は、背丈こそ平均並みだが細身で、あまり押しの強そうな顔立ちをしていない。少し薄めの眉《まゆ》、奥二重でおっとりした瞳《ひとみ》、細い鼻に薄い唇と、あっさりしたいわゆる塩顔は、キリッとしていれば人気の若手俳優に似ていないこともないが、穏和な性格で、ちょっと困ったような笑顔がデフォルトのため、頼りがいがなさそうと思われることも多かった。

だからこそ尚人は、受け持ちの園児たちはどの子も自分の子供のように気遣い、ちょっとした変化や成長も親御さんに毎日連絡帳で伝えて、できる限り細やかな保育を行うよう心がけていた。

幸い、厳《いか》めしさとは無縁な雰囲気は園児たちには親しみやすいと思ってもらえるようで、ちょっと人見知りな子も尚人にだけは懐いてくれたりもする。子供が懐けば親御さんも安心してくれるようで、今受け持ちのユリ組でも、尚人はほとんどの親御さんと良好な関係を築いていた。

昨日できなかったことが今日できるようになる、そんな子供たちの成長を間近で見守ることができるこの仕事は、なににも代え難いものだと尚人は思っていた。

あと半年もすれば、年長組のこの子たちは幼稚園を巣立っていく。その時までしっかり見守っていきたい、と最後の連絡帳を閉じ、尚人は顔を上げて、お昼寝をしている園児たちを見渡した。

（あーあ、康太くん、すごい寝相）

豪快にタオルケットを蹴飛《けと》ばしている康太にそっと近寄り、タオルケットを直してやる。と、そこで尚人は、康太が折り紙で作った手裏剣を手にしていることに気がついた。銀色の手裏剣は、おそらく自由遊びの時間に康太が作っていたものだろう。

（お昼寝終わるまで、先生が預かっておくね）

このままだとくしゃくしゃになってしまうかもしれないと、尚人はそっと康太の手から手裏剣を取ると、それをエプロンのポケットに入れた。

むにゃむにゃ、と寝言混じりに康太がせがむ。

「せんせ、『とんとん』……」

「……はいはい」

寝言でも寝かしつけをせがむ彼に苦笑しながら、お腹を『とんとん』してあげると、康太の隣で横になっていた子が寝返りを打つ。

寝苦しいのかなと思って顔を上げた尚人は、眉間《みけん》を思い切り寄せたその子の表情を見て、そっと声をかけた。

「……礼音《れお》くん、眠れない？」

ぱち、と目を開けた礼音が、尚人を見上げてふにゃ、と顔を歪《ゆが》める。

「うん……、……ごめんなさい、尚人先生。今はおひるねしなきゃって、わかってるんだけど……」

「いいんだよ、謝らなくって。……こっちおいで。先生とお話ししよ？」

お昼寝の時にどうしても眠れない子がいる場合、尚人は無理に寝かせようとしないことにしていた。康太のように、眠たいのに遊びたいから寝たがらないというのなら別だが、そうでないのなら強要してまで眠らせることはない。

特に礼音は、普段から周囲のお友達や大人にも気遣いをするような優しい子で、決められた時間に眠ることができない自分自身を責めて、よけいに眠れなくなってしまうような性格をしている。この辺りでは珍しい、外国人と日本人のハーフだという礼音は、サラサラの金髪に琥珀《こはく》色の瞳をした美少年で、その砂糖菓子かガラス細工のような外見と同様に、とても繊細な子だった。

尚人は礼音が自分を責めないようにと、小声で提案してみる。

「礼音くん、今日はみんなに内緒のお話ししよっか。先生の秘密、礼音くんに教えてあげる」

「先生のひみつ？」

曇っていた顔を輝かせた礼音に、うんと頷き、尚人は作業机の小さな椅子《いす》に腰かけた。おいで、と膝《ひざ》に礼音を乗せ、打ち明ける。

「実はね、先生こないだ、彼女に振られちゃったんだ」

「え……!?」

目をまん丸に見開き、びっくりして声を上げた礼音に、尚人はしぃ、と人差し指を唇に当ててみせる。慌てたように礼音が小さなその両手で自分の口元を覆い、そうっと尚人を窺《うかが》いながら聞いてきた。

「ほんとに……？　尚人先生、ふられちゃったの……？」

信じられない、と言いたげに悲しそうな顔をする礼音に、尚人は苦笑を浮かべた。

「うん、本当。カッコ悪いから、みんなには内緒だよ？」

「うん……」

まだびっくりしながら、それでも頷いた礼音は、一生懸命尚人をフォローしてくれた。

「でも……、でも、あのね、先生はちっともカッコわるくないよ？　彼女さん、きっと『こうかい』してるよ」

「後悔か……、うん、そうだね」

ありがとう、と頷いたものの、尚人にはそうは思えない。振られたのはあくまでも尚人であり、後悔しているのは尚人だったからだ。

尚人の恋愛は、いつもうまくいかない。

性格は穏やかだし、先生という職業柄、いつも清潔感のあるこざっぱりした髪型や服装を心がけている尚人は、まあ人並み程度にはモテる。特別不細工というわけでもないから、高校の頃から途切れ途切れではあっても何人か付き合った相手はいた。けれどいつも、尚人が振られて終わってしまうパターンばかり繰り返しているのだ。

そして、その原因が自分にあることを、尚人は自覚していた。

（……僕が急ぎすぎるのが悪いんだよなあ）

小さくため息をついて、尚人は天を仰ぐ。

小学校に上がってすぐの頃、尚人は両親を火事で亡くした。その後は親戚《しんせき》の間をたらい回しにされて育ったが、親戚からは厄介者扱いされるばかりで、尚人はすっかり家族の愛情というものと縁遠くなってしまった。

だからだろう、尚人は自分の家族というものに強い憧《あこが》れを抱《いだ》くようになった。

早く自立したいと幼稚園教諭の仕事に就き、幼い子供たちと接するようになってからはますますその憧れが強くなり、早く自分の家族を持ちたい、この子たちのような子供が欲しいと思うようになった。

しかしその思いが、付き合い始めてすぐの恋人をひるませる結果につながってしまうのだろう。急すぎる、もっとゆっくり考えたいと言われて振られてしまうのが恒例となり、尚人の恋愛はいつもすぐ終わってしまっていた。

(付き合ってどれくらいしたら、そういうこと言い始めてもいいのかな……)

ぼんやりとそんなことを思い悩んでいた尚人だったが、礼音はそんな尚人を見て、失恋の痛手が深刻なのだろうと思ったらしい。

「尚人先生、げんきだして。ぼくも先生にひみつ、おしえてあげるから」

「礼音くん……、ありがとう。礼音くんの秘密ってなに？」

教え子の優しさに感激しながら聞くと、礼音が耳貸して、と促してくる。ちょっと首をすくめた尚人に、礼音はこしょこしょと耳打ちしてきた。

「あのね……、ぼく、康太くんと『こんやく』したの」

「婚約⁉」

思わず声に出して聞き返すと、礼音が真っ赤な顔でシーッと人差し指と立てる。

「先生、声おっきい……！」

「ご……、ごめん。そうか、婚約かあ」

ちら、とぐっすり眠っている康太を見やって、尚人は微笑《ほほえ》んだ。

(好きだったら結婚したいって、そう思うのは、ちっちゃい子も一緒なんだなあ)

男同士は結婚できないんだよ、なんてそんな野暮なことを言うつもりはない。今そんなことを言っても礼音を傷つけるだけだろうし、彼らもいつかは現実を知る時が来る。

それよりも今、園児たちにとって大事なのは、誰《だれ》かを大事に思うというその気持ちだと、尚人は思った。

「……誰かを好きになるって、とても素敵なことだね」

「うん……！」

尚人の言葉に、礼音がぱあっと顔を輝かせて頷く。

「あのね、康太くんはぼくのこと、およめさんにしてくれるっていうんだけど、でもぼく、ほんとは康太くんをおよめさんにしたいんだ。だって康太くん、かわいいし」

「そ……、そうなんだ」

「うん！　康太くん、ユリ組のなかでいちばんかわいいんだよ。こないだも、ころんでおひざすりむいてたのに、泣くのがまんしててね……！」

康太よりも一回り小柄な礼音が、康太のことを可愛いというのはちょっと意外だが、それも好意には違いないだろう。きらきら目を輝かせながら康太の可愛さを語る礼音に、うんうんと相槌《あいづち》を打ちながら、尚人は内心ほっとしていた。

実は礼音は、今年このひまわり幼稚園に転入してきた園児で、最初はガキ大将の康太にからかわれてばかりいたのだ。

髪の色がヘンだ、泣き虫レオ、と礼音をからかう康太を、尚人はやんわり諫《いさ》めた。

——あれ？　康太くん、いつも誰とでも仲良くできるのに、間違えちゃった？

——おれ……、うん、間違えた。

——そっか。じゃあ、ごめんなさいしよっか。先生も一緒に謝ってあげる。

人にされて嫌なことは人にしたらいけないと、そう諭すことは簡単だ。けれど、そう強制したところで大概の子供は意固地になってしまうし、そもそもそうして子供をやりこめるようなやり方は、大人の自己満足にすぎない。

それよりも、素直に間違いだったと認め、謝れるように誘導する方が、子供も後味が悪い思いをせずに仲直りできるし、同じ過ちを繰り返さない。

実際康太もすぐに礼音に謝り、以来二人は仲良く遊ぶようになった。外見のせいで他の子ともうまくなじめなかった礼音を、康太が遊びの輪に引き入れている様子は見ていたけれど、本当に仲良くなれたんだなと思うと感慨深い。

（本当はあの時、礼音くんの親御さんとも直接お話ししたかったんだけど……）

尚人は、受け持ちの園児の中では唯一、礼音の親御さんにだけ、未《いま》だに会ったことがない。父子家庭であり、その父が外国人なのだということは聞いているが、幼稚園の送迎にも、父親の部下だという、リアムという名のスーツ姿の男性が来るのみで、実際の父親は行事にも顔を出したことがないのだ。

礼音が康太と一悶着《ひともんちゃく》あった時も、連絡帳ですませるような話ではないから、一度園まで来てほしいとリアムに伝えたのだが、それはできないから私が聞きますと言われ、結局リアムに報告するに留《とど》まった。

園長先生からは、入園の際に父親とは一度会っているから問題ないと言われている。どうやら仕事が忙しいらしく、顔を出せないということは事前に知らされているから仕方がない、ご家庭ごとにやむをえない事情があるんだからと園長は言っていたが、尚人はそれでも納得ができなかった。

いくら忙しいとはいえ、我が子の園での様子を親がまったく関知していないというのはどうだろうか。問題が起こった時だけでなく、日々の成長も知ってほしいのに、尚人が毎日書いている連絡帳ですら、その父親が見ているかどうかははなはだ怪しい。

どういった事情かは知らないが、お母さんがいないのなら余計、お父さんが子供のことを気にかけてあげてほしいのに、礼音の父親はあまりに無関心なように思える。

先日の保護者参観の際も、結局来たのは父親ではなく、リアムだった。礼音自身はそれを気にした様子はなかったけれど、本心では寂しいと思っているのではないだろうか。

「……ねえ、礼音くん。礼音くんのお父さんのこと、聞いてもいい？」

いい機会だからと、尚人は礼音にそう聞いてみた。すると、途端に礼音の顔が強《こわ》ばる。

「お父さん……、ルシウスのこと？」

「ルシウスさんって言うんだ？　どんな人なの？」

礼音が父親を呼び捨てにするのはちょっと違和感があったが、最近の子供は自分の親を下の名前で呼んだりすることもある。それに、礼音の父親がどこの出身なのかまでは聞いていなかったが、父親の国ではこれが普通なのかもしれない。

ルシウスという名前や、礼音の顔立ちや髪の色からしても、父親は西洋人だろうか。

そう見当をつけた尚人だったが、礼音から返ってきた答えは――。

「……こわいひと」

ぽつ、と小さな声で怯《おび》えるようにそう呟《つぶや》く礼音に、尚人はつい眉を寄せてしまう。

（息子に怖いって怯えられるような父親って……）

「ね、礼音くん。もしかしてお父さん、礼音くんになにか、痛いことしたりする？　叩かれたり、蹴られたり……、ひどいこと言われたりしたこと、……ある？」

家庭内暴力の早期発見については、園でも細心の注意を払っている。子供たちの体になにか変わった痣《あざ》や傷がないか、着替えの時にそれとなくチェックし、異変があれば児童相談所に連絡をとったりもする。

礼音の体には今までそういった痕《あと》はなかったけれど、それでも言葉の暴力もあるかもしれない。そう心配になった尚人だったが、礼音はふるふると首を横に振った。

「ううん、そんなことされたことないよ。でも、ルシウスは……、いっつもこわいお顔、してる」

「怖いお顔?」

「うん……。いつもこう……、こんなお顔でね」

むに、と自分の額を両手で左右から押して眉間に深い皺《しわ》を作ると、礼音は声を低く低く落として言った。

「ぼくがなにを言っても、『そうか、もっとがんばりなさい』って言うの」

「頑張りなさい、か……」

励ましているのなら、まったくの無関心というわけではないのだろうか。でも、礼音がなにを言っても通り一遍にそう答えるということは、あまり関心を持っていないのかもしれない。

尚人が考え込んでいる間に、礼音は父親のことを思い出してだんだん落ち込んでしまったらしい。しゅんと肩を落とし、その大きな瞳いっぱいにみるみる涙を浮かばせる。

「きっと、ぼくがだめな子だからいけないんだ……。だからルシウスはいつも、こわいお顔してるんだ……」

「……そんなことないよ」

「でも……」

ぐすぐすと泣き出してしまった礼音をいったん抱き上げ、尚人はくるりと自分の方を向かせた。エプロンのポケットに常備しているティッシュで涙を拭《ぬぐ》い、ついでに赤くなったお鼻もかんであげる。

「はい、チーン」

「ん……」

「礼音くんはだめな子なんかじゃないよ。いつもいっぱい頑張ってるじゃない」

「……ほんとに？」

潤《うる》んできらきらした目で見上げられて、尚人は微笑んで大きく頷いた。

「本当だよ。こないだはみんなが散らかしたブロック、綺麗《きれい》にお片づけしてくれたでしょ。それに、ここに来ていっぱいお友達も作れた。最初の頃、康太くんにからかわれて嫌な思いしたのに、礼音くんはちゃんと康太くんのこと許してあげたじゃない」

「だって康太くん、ごめんなさいしてくれたから」

「うん、そうだね。でも、ごめんなさいした人のことを許せない人もいるんだよ。許してあげられた礼音くんはとっても優しいなって、先生はすごく嬉《うれ》しかったよ」

膝に乗せた礼音の頭をそっと撫《な》でて、尚人は繰り返した。

「礼音くんは優しい、いい子だよ。だめな子なんかじゃない。僕は礼音くんのこと、大好きだよ」

「……尚人先生」

尚人の言葉に、礼音の表情が明るくなっていく。

「ぼくも……っ、ぼくも尚人先生のこと、だいすき……！」

「本当に？　ありがとう、嬉しいな」

元気になった礼音にくすくす笑いながらお礼を言った尚人だが、礼音はぎゅうっと尚人のエプロンにしがみつくと更に続ける。

「でも……、ごめんね、先生。ぼく、康太くんと『けっこん』するから、尚人先生のことおよめさんにしてあげられないんだ……」

ごめんね、とすごくすまなさそうに謝られてしまい、尚人は苦笑してしまう。

園児から結婚したいほど好きと思ってもらえるなんて、幼稚園の先生冥利《みょうり》につきる。

「うん、そうだね。残念だけど……」

仕方ないね、と続けようとした尚人だったが、礼音は諦《あきら》めたわけではなかったらしい。

「でもっ、それでもぼく、先生とずっと一緒にいたいから……！」

力強くそう言うと、礼音は叫んだ。

「だから先生、ぼくの『ママ』になって……！」

「……え？」

尚人が目を瞠《みは》ったのは、礼音の言葉に驚いたからというだけではなかった。

突然、ふわっと風が二人の髪を揺らしたかと思うと、礼音と尚人の周囲をぐるりと取り囲むようにして、床が光り始めたのだ。

「え……、え、なに、これ……！」

驚きつつも、尚人はとっさに礼音を守ろうとぎゅっと抱きしめる。

円状に光る床からは強い風が吹き上がり、礼音のスモックと尚人のエプロンがバタバタと忙《せわ》しなくはためき始める。尚人は慌てて礼音を抱いたまま椅子から立ち上がり、円の外へと出ようとした。

しかし――。

「あ……！　痛……っ！」

ビュオォッと湧き上がった強い風に煽《あお》られ、尚人はその場に尻餅《しりもち》をついてしまう。驚いたことに、今まで座っていたはずの椅子はどこかに消えてしまっていた。

（え……っ、え⁉　どうして……⁉）

混乱しつつも、どうにか礼音は離さずに済んだが、尻餅をついた床から発せられる目映《まばゆ》いほどの光は、急速に膨れ上がっていく。

円から溢《あふ》れ出た光の洪水が、二人を包み込む。

そのあまりの眩《まぶ》しさに、思わず尚人が目を瞑《つむ》った――、次の、瞬間。

「……っ⁉」

――二人を包む空気が、一変した。

「え……」

おそるおそる目を開けた尚人は、突如目の前に現れた男を見上げ、息を呑《の》んだ。

真っ白な裾《すそ》の長い衣装の上を、豊かなプラチナブロンドが滑り落ちる。ゆったりとした衣装の上からでも分かる、厚みのある体軀《たいく》。八頭身、いや九頭身だろうか、その背はずいぶん高く、がっしりした体格ながら、モデルのように均整がとれている。片手には随分ぶ厚い、大きな辞書のような革張りの本を持ち、もう片方の手で今しもページをめくろうとしているようだった。

男の肌は雪のように白く、唇は少し厚めで、驚いたように薄く開かれていた。高く形のいい鼻、大きく見開かれた宝石のような翠《みどり》の瞳は金色に光る長い睫《まつげ》に縁取られていて、眉の色も同じく金色をしている。癖のない金の髪は腰まで届くほど長く、瞳と同じ色の宝石がついた額飾りをつけていた。

彫りの深い、美しく整った顔立ちは、まるで美術館に飾られている、神様か天使を模した彫刻のようだったが、一カ所だけ、奇異な箇所があった。

(耳……、だよね、あれ)

その耳は、人間のそれとは明らかに違う形をしていたのだ。普通の人間の耳よりも随分長くて、先の方は尖《とが》っている。映画やゲームで見かける異種族のようなその耳は、額飾りと揃《そろ》いの、繊細な銀細工の耳飾りで覆われていた。

（……CG？）

見渡せばそこは、床も天井も壁も、すべて真っ白な部屋だった。

瀟洒《しょうしゃ》な透かし彫りの細工が施された柱が何本も立っており、先ほどまで尚人がいた幼稚園の教室とは似ても似つかない。ピュイ、と鳥の声がして振り返ると、背後はどうやらバルコニーになっているようで、これまた真っ白な手すりにとまった小鳥が首を傾《かし》げていた。

（え……、え、なんで、いきなりこんなところに……？）

床に尻餅をついたまま混乱する尚人だったが、それは目の前の男も同様だったらしい。

「礼音……？　何故《なぜ》ここに……」

唇から零れ出た声は、その美丈夫にいかにも似つかわしく品のいい、言うなれば貴族的な美声だった。

だが、低く甘いその声音は、極上のベルベットのようななめらかさと艶《つや》めかしさを伴っているのに、どこか冷たく、厳格な響きがある。

まるで透明な氷のように、己に近づくすべての者を拒むような響きが。

（この人、は……？）

呆然とする尚人の腕の中で、礼音が男を振り返り、パッと顔を輝かせて男に駆け寄る。

「ルシウス！　やった……！　ぼく、ちゃんと『まほう』が使えたんだ……！」

「ま……、まほう……、魔法……？」

他の漢字変換が思いつかず、混乱する尚人だったが、その時、目の前の美丈夫の眉がぎゅうっと思いきり引き絞られる。

眉間に刻まれた険しい皺は、さきほど礼音が自分の額を両手で挟んで作ったものよりももっと深くて――。

(あ……、そうだ、ルシウスって、確か……)

礼音の父親、とそのことに尚人が思い至った、その時。

「なんということをしたのだ、礼音……!」

さながら雷のような割れんばかりの怒声が、その場に響き渡ったのだった。


二十年前、尚人の両親の葬式の日は、涙雨が降っていた。

『どうするのよ、あんな小さな子。うちじゃ引き取れないわよ』

『まだまだこれから金がかかるじゃないか……。遺産どころか、借金しかないしな』

当時尚人の両親は、念願のマイホームを建てたばかりで、車のローンも残っていたらしい。

当然親類はいい顔をせず、尚人を引き取ると言い出す者は誰もいなかった。

(なんで、ぼくだけのこして死んじゃったんだろう)

不審火が原因の、火事だった。

うだるように暑い、真夏の一夜のうちに、尚人の世界は一変してしまった。

新築の家も、半年ほど前に買ってもらったランドセルも、全部が焼けて、灰になった。

母は、崩れてくる家屋から尚人を庇《かば》い、身動きがとれずに亡くなった。

父は、尚人をベランダに押し出した後、母を助けに戻って亡くなった。

二人とも、一酸化炭素中毒だった。

尚人だけが、駆けつけた消防に助け出された。

自分だけ、取り残されてしまった。

（……お父さんも、お母さんも、いっしょにつれてってくれたらよかったのに）

そんなことを考えてはいけないと、両親が必死に助けようとしてくれた命だと、今ならそう分かる。

けれど、この時の尚人には、それを教えてくれる人はいなかった。

尚人の無事を心から望んでくれる人たちはもう、いなくなってしまっていた。

親戚たちが厄介者の自分を押しつけ合うのを聞いていたくなくて、尚人は葬儀場を飛び出した。雨で滑る道で何度か転んで、それでも起き上がって、めちゃくちゃに走り続けた。

あの夜、この雨が降っていたら、もしかしたら両親は助かったかもしれない。

そう思うと、雨さえも恨めしく思えた。

――いつの間にか、尚人は数ヶ月前に卒業したばかりの幼稚園に辿《たど》り着いていた。

だが、昼休みなのだろう。幼稚園の門は、固く閉ざされていた。

「うー……！」

別に、入りたかったわけじゃない。

それでも、閉ざされたその門までもが自分を拒絶しているように思えて、尚人は門にしがみついて泣きじゃくった。

誰も、もう誰も、自分を受け入れて、愛してくれる人はいないんだと、思い知らされた気がした。

「お父さん……っ、お母さん……！」

会いたくて、会いたくて、でももう二度と、会えない。

涙なのか、雨なのか分からない滴《しずく》が幾筋も頬《ほお》を濡《ぬ》らして、息をするのも苦しい。

いっそこのまま、呼吸をとめてしまいたいと思った、その時。

「……尚人くん？　尚人くんじゃない！　どうしたの？」

門の中から、傘を差した女の人が、走ってきた。

尚人が幼稚園に通っていた時の担任の先生、――百合子《ゆりこ》先生だった。

「こんなにびしょ濡れになって……、おいで、中に入ろう？」

百合子先生が門を開けてくれて、尚人は久しぶりの幼稚園の教室に足を踏み入れた。

中では、自分の一年下の園児たちが揃ってお昼寝をしていた。

「ちょっと待ってね。タオルと……、着替え、これでいいかしら」

百合子先生は、大きなタオルで尚人を拭くと、園児用に常備されているTシャツと短パンを出してくれた。雨に濡れた尚人の服を脱がせながら、微笑む。

「まだ卒園して半年も経《た》ってないのに、もう一番大きいTシャツでもきつそうね。大きくなるの、早いねえ」

「百合子先生、ぼく……」

「ん？　ああ、そっか。もう小学生のお兄ちゃんだもんね、自分で着替えるよね」

ごめんごめん、と笑う百合子先生の右の目元にある三つ並んだ小さな黒子《ほくろ》が、優しい弓なりの形になる。ぼんやりとそれを見つめながら、尚人は渡されたTシャツを着た。

百合子先生は、きっともう知っているのだろう。

火事の噂《うわさ》はもう町内に広まっていたし、なにより尚人は喪服を着ていたのだから。

そう気づいた途端、尚人は急にこの場から逃げ出したくなった。

ここは自分が来ていい場所じゃない、そう思った。

「……お昼寝の時間なのに、じゃましてごめんなさい。ぼく、もう……」

「邪魔なんかじゃないよ」

帰ります、とそう言おうとした尚人を遮って、百合子先生が大きく広げたタオルで尚人を包み込む。タオル越しに百合子先生に抱きしめられて、尚人はびっくりした。

「でもぼく、もう幼稚園卒業したから……、だから、ここにいたらおかしいよ」

今日は忌引《きび》きで学校を休んだけれど、まだ夏休み前のこの時期、本当だったら尚人は小学校で過ごしているはずの時間だ。そう言った尚人に、百合子先生は首をひねった。

「うーん、じゃあ秘密にしよう」

「ひみつ？」

「そう、秘密。今はみんなお昼寝の時間で、寝ちゃってるでしょ。だから、尚人くんがここにいることは、先生と尚人くんだけの秘密」

しぃ、とイタズラっぽく人差し指を唇に当てて、百合子先生は優しく笑った。

「だから、君はここにいていいんだよ」

「百合子先生……」

親戚中の誰もが言ってくれなかったその一言に、尚人はぼたぼたと大粒の涙を零した。しゃくり上げる尚人を、百合子先生はずっと抱きしめていてくれた。

「……ぼく、お父さんとお母さんに、会いたい……っ、会いたいよ……！」

「うん……、うん、そうだね。先生も会わせてあげたい。でも、それはできないんだよ」

泣きじゃくりながら訴える尚人を抱きしめる百合子先生もまた、泣いていた。泣きながら、何度もごめんねと尚人をなだめてくれた。

「ごめんね……、でも、お父さんもお母さんも、尚人くんに生きててほしいんだよ」

先生もだよ、と繰り返し言い聞かされて、何度も何度も背中を撫でられて、ようやく尚人が落ち着いた頃には、雨は上がっていた。

乾かしてもらった喪服に着替えて帰る間際、百合子先生は尚人に、またいつでもおいで、と言ってくれた。

今度は秘密じゃなくて、みんなと遊ぼう、と。

尚人は同じ町内の親戚の家に引き取られることになり、それからも何度か小学校が終わった放課後、百合子先生を訪ねて幼稚園に行った。

百合子先生はいつでも尚人を優しく迎え入れてくれて、尚人は一つ年下の園児たちと一緒に遊ぶことで、じょじょに笑顔を取り戻していった。

——だが、その数ヶ月後、百合子先生は突然、姿を消したのだ。

町からも、尚人の前からも……。

「なんということをしたのだ、礼音……！」

轟《とどろ》く雷鳴のような怒声に、礼音はすぐには怒られたことが分からなかったのだろう。きょとんとしている様子だった。

「ぼく……」

「自分がなにをしでかしたか分かっているのか⁉　これは、人間であろう……！」

これ、と指をさされて、尚人は呆気《あっけ》にとられてしまう。

（人間って……、僕のこと？）

確かに尚人は人間だが、そんな呼称で面と向かって呼ばれたことは初めてだ。

まるで、彼自身は人間ではないような言い方ではないか――。

呆然《ぼうぜん》とする尚人をよそに、怒りのおさまらないらしい男はなおも礼音を叱責《しっせき》する。

「何故、人間を連れてきた……⁉　一体どうするつもりだ……！」

「だ……、だってルシウスが、はやく『まほう』をつかえるようになりなさいって……。だからぼく、先生とずっと、いっしょにいられますようにって、それで……」

震える声で訴えた礼音の瞳に、みるみるうちに涙が込み上げてくる。

「それで……、だから……っ、だから……！」

うわぁああっと盛大に泣き始めた礼音に、尚人は慌てて身を起こし、駆け寄った。

「礼音くん、こっちおいで。大丈夫、……大丈夫だよ」

「な……っ、なおとせんせぇ……っ」

尚人にすがりついた礼音の呼びかけを聞いて、男がたじろぐ。

「『尚人先生』……、では、そなたが……？」

礼音の担任の名前を、どうやら記憶していたらしい。

尚人は礼音を抱き上げ、男に向き直った。

「……あなたが礼音くんのお父さんですか？　僕は、ひまわり幼稚園の宮坂尚人と申します。礼音くんの担任です」

（……怒鳴っちゃいけない）

泣きじゃくる礼音をぎゅっと優しく抱っこしながら、尚人は懸命に自分にそう言い聞かせた。

こんなに幼い子供をあんなに頭ごなしに叱《しか》り飛ばすなんてどういう父親だろうと、そう思うけれど、ここで尚人が声を荒らげたりしたら礼音は一層不安になってしまうだろう。

「……ご家庭の教育方針に口出しするつもりはありませんが、一度深呼吸なさって下さい。どんな事情であれ、そんな大声を出したら誰だって萎縮《いしゅく》します」

小さい子なら尚更《なおさら》、とぴしゃりとそう言った尚人に、金髪の美丈夫――ルシウスが驚いたような表情で黙り込む。

「せんせ……っ、ごめんなさ……っ」

「しー、大丈夫だよ、礼音くん。先生がぎゅってしてるからね」

しゃくり上げる礼音の背をぽんぽんと優しくあやしながら、尚人は改めてぐるりと辺りを見回した。

（ここは……、どこなんだろう？）

先ほどのルシウスの怒声に驚いて逃げたのだろう、バルコニーの手すりにとまっていた小鳥はもう、どこかへ飛びさってしまったようだ。バルコニーの外にはただただ青い空が広がっているばかりで、どうやらここは高い建物の中らしい。

だが、ひまわり幼稚園の園舎は平屋建てだ。駅前にある幼稚園の周囲には、それなりの高さのビルが立ち並んでいるが、それらの中にもこんな建物はなかったはずだ。

第一、さっきまで確かに幼稚園の教室にいたはずなのに、どうしてこんなところに移動しているのだろうか。

（僕がしばらく気を失ってたとか？　でも、お尻まだ痛いし……）

先ほど床が光って驚き、尻餅をついたお尻はまだじんじんと痛い。この部屋で気がついた時も、あの時尻餅をついた体勢のままで、礼音も抱きしめたままだったから、気を失っていたというのはおかしい。

（それに……、礼音くんのお父さんも、どうしてこんな格好を？）

衣装や髪といい、あの耳といい、とても現代日本に暮らしている人とは思えない。まるで映画の登場人物のようだ。

（もしかして……、俳優さんとか？）

こんなに綺麗な顔立ちだし、忙しい人だということだったから、その可能性は否定できない。尚人はテレビをあまり見ないので疎いけれど、もしかしたら有名な俳優さんで、幼稚園の送り迎えに現れたら騒ぎになるから、今まで姿を見せなかったのかもしれない。

きっとそうだ、と納得して、尚人は礼音を抱っこしたまま、ルシウスに向き直った。

「あの……、僕、実はさっきまで幼稚園にいたはずなんですが……、どうしてこんなところにいるんでしょう？　その格好は、映画の撮影かなにかですか？」

「……エイガ？」

尚人の言葉に、ルシウスが眉を寄せる。

「エイガとはなんだ？　そなたは一体、なにを言っている？」

「え……？　なんだって言われても……」

まさか映画を知らないのか、それとも冗談を言っているのだろうかと尚人が混乱しかけたその時、抱き上げた礼音が尚人の腕の中でもぞもぞと動いた。

「せんせ……、ごめんなさい、ぼく……」

「ん、もう大丈夫？　礼音く……」

涙はおさまっただろうかと声をかけ、礼音の顔を覗《のぞ》き込んだ尚人はそこで、目を瞠った。

「え……」

礼音の耳が、いつの間にか長くなっていたのだ。

ゆるやかに先が尖ったその形は、目の前のルシウスと同じもので——。

「……っ、礼音様ぁああっ！」

と、その時、突然ものすごい勢いで叫びながら、誰かが部屋の中に駆け込んでくる。声の主を振り返って、尚人は更に目を見開いた。

「……リアムさん？」

それは、毎朝毎夕、礼音の送り迎えで幼稚園に現れていた、リアムという青年だった。いつものスーツ姿で、亜麻色の髪を振り乱して現れた彼は、尚人に抱かれた礼音を見るなり、その場にへなへなとへたり込んでしまった。

「礼音様……、ご無事で……！」

「リアム！　ごめんなさい、かってに帰ってきちゃって……」

尚人の腕から飛び降りた礼音が、タタッとリアムに駆け寄る。リアムはぐすぐすと涙ぐみながら礼音を抱きしめ、ぶんぶんと頭《かぶり》を振った。

「いいえ、ご無事でよかったです……！　礼音様の魔力の発動に気づいた時には、次元の狭《はざ》間《ま》で行方《ゆくえ》不明になられたのではと心配しましたが……」

「ちゃんと帰れたよ、リアム！」

「ええ、ええ。さすが王子です……！　初めてお使いになった魔法がこのように偉大な魔法など……、リアムは感動いたしました！」

胸元のポケットから取り出した白いハンカチで目元を拭うリアムに、礼音がえへへと照れたように笑う。

一連のやりとりを、尚人は呆然としたまま見守っていた。というのも。

（リアムさんの、耳も……）

同じ形をしているのだ。

いつも幼稚園に礼音を送り迎えしていた時は、ごく普通の耳の形をしていたはずなのに、今の彼は、人間のそれとは明らかに違う、長くて先の尖った、不思議な形をしていて——。

「あの……、あなたたち、は……？　ここは、どこなんですか……？」

自分がただならぬ事態に巻き込まれている予感に、尚人は改めてリアムと礼音を、そしてルシウスを見やった。

「僕……、僕は、一体どうして……」

「……尚人先生」

礼音を抱き上げ、リアムが立ち上がる。エメラルド色の瞳を気遣わしげに曇らせ、リアムはルシウスに聞いた。

「説明してもよろしいでしょうか、ルシウス様」

「……仕方あるまい」

ため息をついたルシウスが、持っていた本をテーブルに置き、部屋の中央にある真っ白な椅子に向かう。透かし彫りの衝立《ついたて》のようなものを背にしたその椅子は、まるで玉座のように立派なものだった。

長い裾を優雅に捌《さば》いたルシウスが、その椅子に深く身を沈めて言う。

「こうなってはもう、他にどうすることもできぬ」

は、とかしこまり、尚人に向き直ったリアムは、躊躇《ためら》いがちに切り出した。

「尚人先生……、実はここは、あなたのいらした世界とは別の次元にある世界なのです」

「は……？　じ、次元？」

いきなり突飛な話を持ちだされ、尚人は目を丸くして聞き返す。そうです、と頷いて、リアムは重々しく告げた。

「ここはエルフの住む地、アルフヘイム。こちらのルシウス様は、このアルフヘイムの王でいらっしゃいます。尚人先生は、礼音様の魔法で次元を越え、こちらの世界にやってきてしまったのです」

「……」

尚人は言葉を失い、リアムを、礼音を、そしてルシウスを順番に見つめた。

だが、誰も冗談を言うような顔つきはしていない。礼音でさえ、神妙な表情でリアムの言葉に頷いていた。

「あの……、話がよく……」

分からないのですが、とそう言いかけた尚人に、ルシウスが眉根を深く寄せる。

「何故分からない？　今リアムが言った通りだ」

「だ……、だって、魔法って……、魔法？」

そんなの、それこそゲームの世界の話ではないのか。

この人たちはなにを言っているんだろう、と困惑している尚人に、ルシウスが低く唸《うな》る。

「……面倒な」

ひら、とルシウスがその長い指先で空間をひと払いした途端、部屋の隅にあるテーブルの上からヒュッとなにかが飛んでくる。ルシウスがパシッと手で受けとめたそれは、小さな写真立てだった。

「今のが風の魔法だ。我々エルフは、自然界にいる様々な精霊の力を借りて魔法を使う」

「て、手品……」

「魔法だ」

尚人の言葉に呻《うめ》いたルシウスが、苛立《いらだ》ちながらも再度、よいか、と説明し始める。

「我々はエルフ。お前たち人間とは異なる生き物で、魔法が使える。礼音はエルフと人間のハーフで、……諸事情で、一時的に人間の幼稚園に通わせていた。お前は礼音の魔法で、我我の世界に連れてこられたのだ」

「エルフ……？」

唖然《あぜん》とする尚人の目の前で、ルシウスが己の手の中からふわっと写真立てを浮かせる。ふわふわと宙を泳ぐ写真立てを、尚人は呆然と見つめた。

「浮いて、る……。え……、え、なんで……」

「だから、魔法だと言っているだろう……！」

分からぬ奴《やつ》め、と唸るルシウスを、リアムが泣き出しそうな声でなだめる。

「ル、ルシウス様、お鎮まり下さい……！」

「リアム！　何故人間というものはこう頭が固いのだ！」

「それは、人間は魔法を使えない種族ですので、仕方のないことかと……」

「しかしこうして、目の前で魔法を見せているではないか！」

「そ……、そうですよね……、そうなんですけど、人間はこういう生き物でして……」

板挟みになったリアムが、あああ、と頭を抱える。二人のやりとりは聞こえていたが、尚人はとてもすぐには目の前の光景を信じられなかった。

（だって、魔法って……、ま、まほう……？　エルフって、アレだよね、なんかよくファンタジー小説とかに出てきて、弓持って戦ってる……）

これは夢なのだろうか、と試しに頬を引っ張ってみるが、痛いばかりで目が覚める気配は微塵《みじん》もない。

「えー……？」

衝撃のあまり気の抜けた声を発して、尚人はただただ目を見開くばかりだった。

しかしその間にも、ふわふわ、ふわふわと小さな写真立てが宙で揺れている。

繊細な白銀の縁飾りのそれには、若い男女と幼い子供の姿絵がおさめられていた。

どうやら子供は礼音のようだった。椅子に腰かけた女性の膝に座った礼音は三歳くらいだろうか、この頃からもう綺麗な顔立ちをしている。

二人の背後に立っている男性は、ルシウスによく似た顔立ちながら、雰囲気はもっとやわらかく、優しげな風貌《ふうぼう》をしていた。髪も短いから、ルシウスではないのだろう。しかし、父親のルシウスではないのなら、この男性は一体誰なのだろうか。

女性は――。

「あ……、あれ……？」

目を瞬《しばたた》かせて、尚人は思わず写真立てに手を伸ばした。ふわわ、と宙に浮いているそれをそっと摑《つか》んで、引き寄せる。

女性の顔には、見覚えがあった。

二十年も前に別れたきりで、はっきりと覚えているわけではなかったが、右の目元に三つ並んだ小さな黒子も同じだし、なにより、この誰しもを安心させるような優しい微笑みは忘れようもない。

幼い礼音を膝に抱き、普通の人間と同じように短い耳に長い髪をかけて、ふんわりと微笑んでいるその人は――。

「百合子、先生……？」

呆然と呟いた尚人に、ルシウスが反応する。

「ユリコを知っているのか？」

「え……、ええ。……え？　この方、本当にあの百合子先生なんですか⁉」

どうして百合子先生がこんなところで姿絵に描かれているのかと驚く尚人だったが、続くルシウスとリアムの説明はもっと驚くべきものだった。

「お前の言う、『あの百合子先生』かどうかは分からぬが、ユリコは私の弟の妻だ」

「ユリコ様は、ルシウス様の弟君、ローランド様が二十年ほど前に人間の世界で出会い、是非妻にと望んで迎え入れた奥様でいらっしゃいます。人間の世界では、尚人先生と同じく幼稚園で先生をされていたと聞いています」

（百合子先生だ……）

職業も、姿を消した時期も、尚人が知る百合子先生とぴたりと一致する。失踪《しっそう》したとばかり思っていたが、百合子先生はこの世界に、エルフの世界に来ていたのだ。

「僕、この百合子先生に昔、お世話になったんです。とてもよくしていただいて……。あの、百合子先生は今どこに……？」

声を弾ませた尚人だったが、ルシウスは重々しく首を横に振る。

「……残念だが、ユリコもローランドも、一年ほど前に病で亡くなった。あれこれ手は尽くしたのだが……、どうしても間に合わず、……助けられなかった」

「そんな……」

もしかしたら会えるのでは、と期待しただけにショックが大きく、尚人は肩を落とす。そんな尚人に、ルシウスは少し声をやわらげて告げた。

「……だが、二人の忘れ形見の礼音を、私は養子として引き取った。礼音は、ユリコとローランドの子供だ」

「礼音くんが……。そうだったんですか……」

そういえば先ほど、ルシウスは礼音がエルフと人間のハーフだと言っていた。幼稚園で父親のことを聞いた時、礼音がルシウスのことを父と呼ばなかったのも、そういった事情があってのことなのだろう。

懐かしい、と百合子先生の姿絵をじっと見つめる尚人に、リアムが瞳を潤ませながら教えてくれる。

「私たちエルフは、年に一度、黄金の林檎《りんご》を食べて不老不死を保っています。ユリコ様も、この地で生きるとお決めになられた時に黄金の林檎を食べ、不老不死となられました」

「不老不死……」

そう言われて初めて、尚人は百合子先生が二十年前と変わらない若々しい姿で描かれていることに気づく。先ほどは驚愕《きょうがく》のあまり気づかなかったが、姿絵の百合子先生が年を取っていないように見えるのはそのせいなのだろう。

（あれ？　でも不老『不死』ってことは……）

亡くなるなんておかしいのでは、と首をひねった尚人の考えを汲《く》み取ったのだろう。リアムがええ、と頷いて説明してくれる。

「黄金の林檎は生命力を強化し、若さを保ちますが、それはあくまでも補助的な役割なのです。ごく普通に生活していれば不老不死を保てますが、外傷や病によって命を落とすことはあります。一年前に病が流行《はや》った時は、ちょうど黄金の林檎が実らない季節で……」

声を沈ませたリアムを、その腕に抱かれたままの礼音が心配する。

「リアム、だいじょうぶ？　ぼくがぎゅってしてあげるから、泣かないで」

「礼音様……」

首元にぎゅっと抱きつく礼音に、リアムが余計にくしゃっと泣きそうな顔になる。二人を見守る尚人に、ルシウスが口を開いた。

「……不老不死の我らは、人間に比べて子供を授かる割合が極端に少ない。ましてやローランドとユリコは、エルフと人間という異種族同士だ。子供は望めないだろうと二人とも思っていただけに、礼音を授かった時には大喜びしていた……」

痛ましそうに眉を寄せるルシウスにとっても、弟夫婦は大事な存在だったのだろう。

（……この人たちは、百合子先生を本当の家族みたいに思っていたんだ）

そしてそれはきっと、百合子先生も同じだったのだろう。姿絵に描かれた彼女の目元の黒子は、優しい弓なりの形になっていて、とても幸せそうな笑顔に見える。

（百合子先生、ここで幸せに暮らしてたんだ……）

亡くなってしまったのは本当に残念だけれど、それでも彼女の人生は幸せだったのだと分かって、尚人はほっとした。

いなくなってしまった百合子先生がどうしているのか、ずっと気になっていただけに、ここで家族を得て幸福になっていてくれたのだと知ることができて、なんだか救われたような気持ちになる。

尚人は当時、百合子先生の勤めていた幼稚園の園長先生から、彼女は自分の意思でいなくなったのだろうと聞かされていた。百合子先生のアパートからは、私物がほとんどなくなっており、自分で持ち出したのだろうと思われたからだ。警察も、事件性はないと判断し、結局捜査らしい捜査もされなかった。

それを聞いて、尚人はずいぶんショックを受けたのを覚えている。誰にもなにも告げずに姿を消してしまったということだったが、自分の意思でいなくなったのなら、せめて別れを告げてほしかった。

だが、百合子先生はおそらく、別れを告げたくても告げられなかったのだ。異世界に行く、人間ではないエルフに嫁ぐなんて言っても誰も信じないだろうし、きっとそれは告げてはいけないことだったのだろう。

（……百合子先生もここにいたのなら、さっきの話は本当なのかもしれない）

いくら見回しても、ここは現代日本だとは到底思えないし、それにルシウスとリアムには自分を騙《だま》そうとしている様子もない。

むしろ、この事態に自分と同様に困っているようだったし、それになにより、彼らは百合子先生の死を本当に悼《いた》んでくれている。

（僕を騙してもなんの得もないし……、騙すにしたって、こんな姿絵を仕込むほど手のこんだことなんてしないだろう）

すとん、とようやくルシウスとリアムの説明が腑《ふ》に落ちて、尚人は顔を上げた。

「百合子先生はここで、好きな人と結ばれていたんですね。……よかった」

できたら亡くなる前に会いたかったけれど、彼女がどんな人生を送ったのかを知ることができただけでもよかったし、幸せだったのなら本当によかった。

「……ありがとうございました、百合子先生を見送っていただいて。僕はずっと百合子先生がどうしているのか気になっていたから……。こうして知ることができて、よかったです」

深く頭を下げた尚人だったが、ルシウスはふい、と視線を逸《そ》らせる。

「……私は結局、弟もユリコも助けられなかったのだ。礼を言われる筋合いはない」

「え……」

頑《かたく》なな口調のルシウスに、尚人は戸惑ってしまう。

そういえばルシウスは先ほども、二人を助けられなかったと言っていた。まるでルシウスに非があったかのような口振りだが、何故そんな言い方をするのだろう。

（病気で亡くなったのなら、仕方ないことだったんじゃ……？）

なにか事情があるのだろうかと口を開きかけた尚人だが、そこでリアムが難しい顔で切り出す。

「それにしても何故、礼音様はあのような高度な魔法を使えたのでしょうか。次元を越える魔法は大変難しく、アルフヘイムでもルシウス様しか使えないはずなのですが……」

「え？　でも、リアムさんもその次元を越える魔法っていうのを使って帰ってきたんですよね？」

そうでなければリアムは今ここにいないはずでは、と訝《いぶか》しんだ尚人に、リアムは首から下げていた小さな宝石がついたペンダントを見せてくれた。

「いいえ、私はこの緊急用の魔法石を使ったのです。礼音様になにかあった時のためにと、あらかじめルシウス様がこの石に移動魔法を封じ込めて下さっていたので」

「魔法ってそんなこともできるんですか……」

水晶なのだろうか、透明な宝石の中には、青い靄《もや》のようなものが揺らめいている。もしかしてこれはその魔法の残光のようなものなのだろうか、とおっかなびっくり眺めていた尚人だが、リアムはペンダントをしまうとなおも首を傾げる。

「実は礼音様は、未だ魔力が開花せず、今まで魔法を使われたことはなかったのです。ですから私も、最初は半信半疑でここまで追いかけてきたのですが……」

リアムに視線を向けられた礼音は、おどおどと戸惑いながら訴えた。

「……ぼく、よくわかんない。尚人先生といっしょにいたいって、そうおもったらピカーッって光って、きがついたらここにいたんだもん……」

「……おそらく、内に秘めていた魔力が暴走したのだろう。幼いエルフにはままあることだが、よほど強く願ったのだろうな。魔法が使えたのは喜ばしいことだが……、礼音」

ルシウスが、低い声で礼音を呼ぶ。びくっと肩を震わせた礼音が、リアムのスーツの裾をぎゅうっと握って小さな声で答えた。

「……はい」

「お前の母のように結婚相手として一族に迎えるならともかく、この世界に人間を連れてくることは本来禁じられている。お前のしたことは、規律を乱すことだ」

「はい……」

厳格なルシウスの言葉に、礼音が消え入りそうな声で頷く。

「お前は、自分がしでかしたことの大きさをよく考え、反省しなさい。……それから、先生に謝りなさい」

「え……？」

現状を把握《はあく》するのでいっぱいいっぱいになっていた尚人は、ルシウスが礼音にそう促したことに驚いた。

先ほどから『人間』である尚人に、あまりいい感情を持っていなさそうだったルシウスがそんなことを言い出すとは、少し意外だったのだ。

「先生はなんの説明もなく、いきなりここに連れてこられたのだ。いくら力が暴走したとはいえ、そんなことはなんの言い訳にもならぬ。……きちんと、謝罪しなさい」

椅子を降りたルシウスが、礼音に歩み寄る。隣に立ったルシウスに促されて、礼音はおずおずと尚人に頭を下げた。

「……ごめんなさい、尚人先生」

「私からも謝罪する。……息子が迷惑をかけ、すまない」

サラ、と長い髪を揺らし、優雅に一礼するルシウスに、尚人は慌ててしまった。

「あ……、い、いえ」

先ほどリアムは、ルシウスはエルフの王なのだと言っていた。王様なんて身分の高い人に頭を下げられるだなんて、一般市民の尚人はどうしていいか分からない。

「あの、お気になさらず……、礼音くんも悪気はなかったんでしょうから」

「そうか。そう言ってもらえると助かる。……すまぬな」

（わ……）

ふわ、と少しほっとしたように笑うルシウスを前に、尚人は思わず息を呑んだ。

男性だと分かっていても、ここまでの美形に間近で微笑まれると心臓に悪い。

（この人、笑うとすごく優しい顔になるんだ……）

ルシウスは、王という立場や、今回の不測の事態のせいであんな難しい、不機嫌そうな顔をしていただけなのかもしれない。

（本当は、優しい人なのかも……）

そう尚人が思いかけた、その時だった。

「でも、これでずっといっしょにいられるね、先生……！」

パアッと顔を輝かせて、礼音が尚人に駆け寄ってくる。ぽふんと尚人のエプロンに顔を埋《うず》めた礼音は、小さな手で尚人の腰にぎゅっと抱きついて笑みを零した。

「尚人先生、だーいすき！」

「礼音くん……。僕も、礼音くんのこと大好きだよ」

こんな状況だからこそ、いつもと変わらない笑顔で好意を伝えてくれる礼音にほっとする。

思わず顔をほころばせた尚人だったが、そこでルシウスの眉間にぐぐっと皺が寄ったのに気づいた。

（え……？　あれ……？）

さっきの優しい微笑みはどこに、と尚人が戸惑っている間にも、ルシウスの眉間の皺はどんどん深くなっていく。

そうこうする内に、ルシウスは不機嫌そうにふんと鼻を鳴らし、長い衣の裾を翻して戻ると、椅子にどっかりと深く腰かけてしまった。

「……ずっと一緒というわけにはいかぬ。人間は人間の世界で生きるのが筋。送り返さねば、世界の理《ことわり》が乱れる」

「……送り返してもらえるんですか？」

元の世界に帰れるのか、と希望が湧いて、尚人はまじまじとルシウスを見つめた。百合子先生も、二度と戻れない覚悟でこちらの世界に来たのだろうし、もしかしたら自分は帰ることはできないのではないかと危惧《きぐ》し始めていたのだ。

果たしてルシウスは、億劫《おっくう》そうな顔をしながらも頷いた。

「ああ、もちろん送り返す。我が息子のしでかしたことだ。親の私が責任をとらねばなるまい。……だが、今すぐには難しい」

頭が痛い、と言わんばかりに肘掛《ひじか》けに肘を置き、長い指でこめかみを押さえたルシウスを前に、リアムが説明を引き取る。

「先ほども申し上げましたが、次元を越える魔法は非常に高度なものなのです。加えて今回は、記憶を消す魔法も同時に使わなければなりません」

そちらも次元を越える魔法と同じくらい、高度な魔法ですと注釈をつけたリアムに、ルシウスが唸る。

「人間のそなたでも多少は想像がつくだろうが、これほど高度な魔法を二つ同時に使うとなると、膨大な魔力が必要となる。魔力は月の満ち欠けによって影響を受けるのだが……、今は下弦の時節、今宵《こよい》は三日月だ」

「もしかして、月が欠けると魔力が少なくなるってこと、ですか……？」

なんとなく話が見えてきて聞いてみた尚人に、ああ、とルシウスが頷く。

「その通りだ。だから次の満月……、三週間後まで待て」

「三週間……⁉」

そんなに長く、と目を瞠って、尚人は慌ててルシウスに訴え出た。

「あの、僕、ここでのことは誰にも言いません。ですから、今すぐ送り返してもらうわけにはいきませんか？」

今ならまだそう時間は経っていない。そろそろお昼寝の時間は終わってしまうかもしれないが、それでもまだ尚人の不在に誰も気づいていない可能性は高いし、誰かが気づいていてもなんとか誤魔化せる。

記憶を消す魔法を使わず、次元を越える魔法だけなら今日でも使えるのでは、とそう思った尚人だったが、ルシウスはきっぱりと首を横に振った。

「駄目だ。たとえどんな人間であれ、どんな事情があれ、ここでの記憶を残したまま元の世界に戻すことはできない」

「そんな……」

絶句した尚人に、リアムが肩を縮めて謝ってくる。

「申し訳ありません、尚人先生。ですが、そういう決まりなのです。万が一にもこの世界のことが人間側に漏《も》れてはいけないと……。ましてや、ルシウス様はアルフヘイムの王。王が決まりを破るわけにはいきません」

「それは……、そうでしょうけど……」

尚人が記憶を持ったまま人間の世界に帰って、誰かにエルフのことを話しても、誰も信じはしないだろう。それでも、だからと言ってそのまま帰すわけにはいかないというのは当然の話だ。

ルシウスたちの言い分も分かるだけに、硬い表情で黙ってしまった尚人に、リアムが懸命に申し出る。

「今回のことは本当に申し訳ありませんが、ここはいったんこちらの世界で三週間ご滞在いただいて、満月になったらルシウス様の魔法で元の世界にお帰りいただくということでご承諾いただけませんでしょうか。私も、誠心誠意おもてなしさせていただきますので」

お願いいたします、と頼み込まれて、尚人は考え込む。

（三週間か……。幼稚園のことは気になるけど……）

尚人がいなくなったら、誰かがその穴を埋めなければならない。他の先生方も、自分の受け持ちの組のことで手一杯なのに、大丈夫だろうか。

それに、戻ったとしても、尚人はここにいた間の記憶を失ってしまう。行方不明になった経緯を説明することができない自分は、きっと平謝りするしかないだろう。

「……他に、元の世界に帰る手だてはないんですよね？」

確認すると、ルシウスが頷いた。

「ああ、ない。命あるものを別の次元に移動させるのは、簡単なことではないのだ」

移動魔法を封じ込めた魔法石も、リアムが使ってしまったものの他にはないと言う。

仕方ないな、と尚人は諦めて、ため息をついた。

「……分かりました。じゃあ、三週間後の満月の時まで、よろしくお願いします」

だが、尚人の言葉を聞いたルシウスは、驚いたようにリアムと顔を見合わせて言う。

「……随分落ち着いているな。我々が言えたことではないが、普通の人間はこのような時にはもっと取り乱すものではないのか？」

「ええ。ローランド様がユリコ様を連れていらした時には、それはもう大変な騒ぎでした。ローランド様は、ユリコ様がプロポーズを承諾してくださった嬉しさのあまり魔力を暴走させ、その場でこちらに連れてきてしまったのです。……ある意味、似たもの親子ですね、ローランド様と礼音様は」

当時を思い出しながらそう苦笑するリアムに、礼音がきょとんとしながら聞く。

「にたものおやこ？　ぼくとパパ、にてるの？」

「ええ。礼音様はローランド様によく似ていらっしゃいますよ」

「そっかぁ……」

リアムに言われ、嬉しそうに頬を赤くする礼音を、尚人は微笑ましく思いながら見守っていた。ふと気づくと、ルシウスも目をやわらかく細めて礼音を見ている。

（え……？　あれ……？）

先ほどまで礼音に厳しく接していたルシウスとはまるで別人のような表情に、尚人は戸惑う。だが、ルシウスはすぐにまた表情を硬くすると、ため息混じりに礼音を叱った。

「……そのようなところが似ていると言われて喜ぶのではない。お前はいずれ次の王となるのだ。他の者に迷惑をかけるようなことは慎みなさい」

ルシウスの厳しい声音に、礼音がしゅんと肩を落とす。

「……はい。ごめんなさい、尚人先生……」

「礼音くん……、先生もう気にしてないから、礼音くんも気にしないで、ね？」

礼音のあまりの落ち込みっぷりがかわいそうで見ていられず、尚人はしゃがんで礼音を抱きしめた。

「先生……、うん。ありがとう」

ひしっと尚人にしがみついた礼音を見て、ルシウスが声のトーンを低くして唸る。

「あまり甘やかしてもらっては困るのだが……」

（……あなたは厳しすぎると思います）

先ほど一瞬だけ、ルシウスが微笑ましそうに礼音のことを見ていたと思ったけれど、あれは自分の見間違いだったのかもしれない。

やはりこの人は礼音に対して厳しすぎる、と反論をぐっと呑み込んだ尚人に気づいたのだろう。リアムが慌てた様子で、強引に話を元に戻す。

「で、ですが、あの時は本当に大変でしたね。ユリコ様はパニック状態で……。だというのにローランド様は、こうなったらもう後には引けないなどと仰《おっしゃ》って、ユリコ様の荷物を次々こちらの世界に召喚してしまって……」

「……物体を移動させるだけの魔法なら、比較的簡単に扱えるからな」

ルシウスがため息混じりに相槌を打つ。

どうやらルシウスの弟、ローランドはかなり強引に百合子先生をこのエルフの世界に連れてきてしまったらしい。

（百合子先生、大変だったんだ……）

いくら好きな人と一緒とはいえ、なにも知らされないままいきなりこんなところに連れてこられて、もう二度と元の世界には帰れないとなったら、それはパニックにもなるだろう。

当時の百合子先生の胸中に思いを馳《は》せながら、尚人は礼音を抱き上げて言った。

「……でも、僕はこのまま元の世界に帰れないわけじゃありません。だから、百合子先生よりも落ち着いていられるのかもしれません」

(自分の力でどうにもならないことが起きたら、じっと耐えるしかない。じたばたしたって仕方ないいんだから)

それは、尚人がこれまでの人生で学んできた教訓だった。

厄介者扱いされ、親戚の間をたらい回しにされ続けた尚人は、これまで何度も自分ではどうにもならない状況に追い込まれてきた。

そして、そういう時は耐えるしかないことを、身を持って学んできたのだ。

どんなにつらくても、嫌でも、耐えるしかない。

怒っても泣いても、人から悪く思われるばかりで、状況がよくなることは決してない。

だから耐えて、やり過ごすしかないのだ。

「……あなた方は僕に危害を加えたりしなさそうだし、元の世界に戻すと言ってくれました。僕がここでわめいてもどうにもならないでしょうし、他に元の世界に戻る方法もないんでしょう？　でしたら、僕はあなた方を信じて待つしかないです」

独り立ちして随分経つが、居場所がなかった十代の頃のことは、今でもしっかり記憶に残っている。今回もそれと同じで、自分は招かれざる客であるというだけのことだ。

(起きてしまったことは今更変えようがないし、仕方がない)

腹をくくって、尚人はルシウスに向き直った。

「あなたは親として、礼音くんの失敗の責任をとると仰いました。でしたら僕は、ユリ組の担任として、礼音くんのお父さんを信じます」

「……私を……」

尚人の言葉に、ルシウスが軽く目を瞠る。ややあって、ルシウスは重々しく頷いた。

「……ああ、約束しよう。次の満月には必ず、そなたを元の世界に戻す」

「よろしくお願いします」

軽く頭を下げた尚人の腕の中で、礼音が小声で尚人に聞いてくる。

「ねえ、先生……。今のおはなし、先生はぼくといっしょにいてくれるってこと?」

「うん、そうだよ。お月様がまん丸になるまでは、礼音くんのそばにいるよ」

「……! ぼく、お月様がまぁるくならないように、いっぱいお願いする!」

尚人の首元にぎゅっとしがみついた礼音が、そう叫ぶ。

うーんと苦笑して、尚人は礼音を抱え直した。

満月にならないと帰れないけれど、こんなに礼音が嬉しそうにしてくれるのなら、ずっと付きっきりでいてあげたいとも思ってしまう。

でも、自分は『先生』だ。

他のユリ組の子たちをいつまでも放っておけはしない。

「……そうだね。できるだけゆっくり、丸くなるといいね」

ふんわりと笑って、尚人はバルコニーの向こうに広がる青空を見上げた。

雲ひとつない空には、白く細い、真昼の三日月が浮かんでいた――。


ピチュピチュと小鳥の囀《さえず》りで目が覚めて、尚人は布団の中でぐーんと手足を伸ばした。目を閉じたまま、まだ眠気がほんわりと残る頭を働かせて今日の予定を考える。

（えっと……、もうすぐお遊戯会だから、今日はお昼寝の時間に紙花を作らなきゃ……。お迎えのバス当番は明日だっけ……？）

今日は何日だったっけ、と思ったところで、意識がはっきりしてくる。

（そうだ、ここ……）

パチ、と尚人が目を開けたのと、タタタタタッと軽快な足音が近づいてくるのとは、ほとんど同時だった。

「お……っ、おはようございますっ、先生……！」

息を切らせて部屋に駆け込んできたのは、まだ寝間着姿の礼音だった。まるで鳥の巣のように、あちこちがぴょこぴょこ跳ねている髪型に、尚人はくすくすと笑ってしまう。

「はい、おはよう、礼音くん。どうしたの、そんなに慌てて」

「ぼく、あの……、先生がほんとにいるか、しんぱいになっちゃって……」

目を丸くしながらも、おずおずとそう言った礼音が、いた、と嬉しそうにはにかむ。尚人は微笑みを浮かべ、礼音に手招きした。

「おいで、礼音くん。先生が髪、なおしてあげる」

「……うん！」

ベッドに上がった礼音を後ろから抱えて、サイドテーブルにあったブラシで髪を梳《す》く。子供特有の、細くやわらかい髪を丁寧《ていねい》にとかしながら、尚人は部屋を見渡した。

尚人がエルフの世界に来て、二日が経った。この部屋は尚人にあてがわれた客室で、床には深緑色の敷物が敷かれ、白木に金の縁飾りのついたベッドやチェスト、ライティングデスク等の調度品が配されている。房飾りが揺れるカーテンの向こうには大きな出窓があり、窓からは白亜の街並みが見えていた。

ここはエルフの住まう地、アルフヘイムの王都である。深い白樺《しらかば》の森の奥に築かれたこの都は、周囲を高い山々に囲まれており、すぐそばには大きな湖が穏やかな水面を湛《たた》えている。蔦《つた》が絡む白亜の家々の間には色とりどりの花が咲き乱れており、一年を通して常に美しい花々に彩られているこの都は、別名花の都とも呼ばれているらしい。

都の外周にはぐるりと回廊が張り巡らされ、回廊の途中途中には、透かし彫りの細工が施された瀟洒な東屋《あずまや》が配されている。昼間は溢れんばかりの陽《ひ》の光に煌《きら》めく都だが、夜は蛍火のようなやわらかな光がふわふわとそこかしこに浮いており、リアムに聞いた話では、この光は魔力を秘めた星の光が結晶化したものだということだった。小さな花のような形をしていることから、エルフの間では星の花と呼ばれているらしい。

尚人はその都の最も奥にある、王の館《やかた》に滞在していた。館は石造りの高い塔と繋《つな》がっており、あの日、尚人が礼音の魔法で現れたのはその塔の最上部だったらしい。そこは普段、エルフの王であるルシウスが政務を行う場所とのことで、高い塔からは光溢れる花の都が一望できた。

「尚人先生、失礼します。……ああ、やはり礼音様はこちらにおいででしたか」

礼音の髪をなおし終えたところで、リアムがドアをノックして入ってくる。

「着替えをお持ちしました。礼音様、お召し替えを」

リアムに手伝ってもらって礼音が着替えをしている間に、尚人も手早く仕度をすませる。

着の身着のままでこの世界に来てしまった尚人は、礼音の父、ローランドが生前人間の世界に滞在していた時に着ていた服を借りていた。

最初はルシウスと同じような長い衣を着せられたのだが、動きにくくてかなわず、早々に根を上げてしまったのだ。ローランドの服は尚人には少しサイズが大きかったが、ベルト等で調節すれば特に問題なく着られたので助かった。

最後にエプロンの紐《ひも》を背中で結んで、尚人はよし、と呟いた。こちらの世界に来た時に着ていたエプロンを、尚人は毎日着けていた。仕事着でもあるエプロンを着けるとそれだけで気持ちが引き締まる気がするし、自然と笑顔になって、前向きな考えになれる。

礼音の仕度を終えたリアムが、にこにこと告げてくる。

「朝食はお庭に用意してありますから、こちらにどうぞ」

「あ……、はい、ありがとうございます。礼音くん、先生とお手てぎゅーして行こうか」

「うん……！」

三人揃って館の庭に出ると、東屋にはすでにルシウスがいた。尚人は礼音の手を引いて東屋に歩み寄りながら挨拶をする。

「おはようございます、ルシウスさん。ほら、礼音くんも」

「お……、おはようございます、ルシウス」

尚人に促されておずおずと挨拶した礼音に、ルシウスがちら、と視線を投げかける。

「……ああ」

ルシウスは鷹揚《おうよう》に頷いただけだったが、礼音はそれだけでも緊張してしまっているようだった。じりじりと後ろに下がったかと思うと、パッと尚人の背後に隠れてしまう。

(うーん……、困ったな)

これでは朝ご飯にできないけれど、無理に前に出すのも可哀相《かわいそう》で躊躇われる。どうしようかと困ってしまった尚人だったが、ルシウスは眉間に深く皺を刻むと、カップに残っていたコーヒーを飲み干して立ち上がった。

「……私は政務に向かう。ゆっくり食べなさい」

長い衣の裾を翻し、東屋を出るルシウスだが、先ほどまで彼が座っていた席には、まだ手つかずの食事が残っている。尚人は思わずルシウスに声をかけた。

「あの、一緒に……」

けれどルシウスは頭を振ると、頑なな声で告げた。

「いや、私はもう済んだ。……リアム、あとを頼む」

そう言い置いて、塔の方へと去ってしまう。済んだって、と戸惑う尚人に、リアムが声をかけてきた。

「尚人先生、ルシウス様にはあとで私がお食事を届けますから、お気になさらず。さ、礼音様、たくさん召し上がってくださいね」

慣れた様子で、リアムがルシウスの食事をバスケットに入れていく。

仕方なく、いただきますと手を合わせ、用意されたクロワッサンを口に運びながら、尚人はルシウスが入っていった塔をじっと見つめた。

(ルシウスさん、もしかして礼音くんと一緒に朝ご飯を食べたくて、待ってた……？)

普段礼音に対して厳しい態度を取っているルシウスが、自ら礼音との接点を持ちたがっているというのは、少し不思議な気もする。けれど、状況から察するにそうとしか思えないし、それに。

(ルシウスさんの礼音くんに対する態度、ただ冷たいだけってわけでもない気がするんだよな……)

この二日間、ルシウスと礼音の様子を見ていて感じたのだが、どうもルシウスは礼音との距離を測りかねているように見える。

しかしそれは、かつて尚人が親戚から疎んじられ、扱いかねて持て余されていたような雰囲気とは違うような気がするのだ。

(もしかしたら、ルシウスさんと礼音くんの間の問題は、僕が思っていたのと少し違うのかも……？)

出会った初日、ルシウスが優しく礼音を見つめていたのはやはり見間違いではなかったのかもしれない。けれど、そうと言い切るには、尚人はまだ二人のことをなにも知らなかった。

「……礼音くんは、ルシウスさんのこと、伯父《おじ》さんとは呼ばないんだね」

どうも二人のことが気にかかって、尚人はそれとなく、礼音にルシウスの話題を振ってみた。スプーンでスープをすくっていた礼音が、手をとめて俯《うつむ》く。

「うん……、まえは、そうよんでたの。でも……、パパとママが死んじゃってから、もうおまえの伯父ではないって、そう言われて……」

（それは……、もしかして、お父さんって呼んでほしかったんじゃ……）

尚人が口に出すべきかどうか迷っている間に、礼音は話を続ける。

「リアムはルシウスのこと、パパってよべばいいって言うけど……。でも、ぼくのパパは天国のパパ一人だし、ルシウスのことパパってよんだら、天国のパパがかなしむんじゃないかなって……」

「礼音様……」

控えていたリアムが、礼音の言葉にハッとしたように表情を変える。

「申し訳ありません。私はそのようなつもりでは……」

悔やむような表情で俯いたリアムに、礼音が慌てて言い添える。

「リアムはなんにも悪くないよ……！　ルシウス、ぼくのことあんまり好きじゃないから、伯父さんってよぶなって言ったのかもしれないし……、だから……」

ずっとそのことで悩んでいたのだろう。礼音の声がどんどん小さくなっていく。

「……パパなんてよんで、もっと嫌われたら……、やだから……」

「礼音くん……」

消え入りそうな小さな声でそう呟く礼音に、尚人は胸が苦しくなってしまった。

普段ルシウスのことを怖がっている礼音だが、本当はルシウスに好かれたいと思っていたのだ。だからこそ、嫌われるのが怖くて、ルシウスの前では余計に萎縮してしまっていたのだろう。

両親を亡くした礼音が、誰かに好かれたい、愛されたいと願う気持ちは、かつて同じ境遇だった尚人には痛いほど分かる。

「……そんなことないよ、礼音くん」

礼音をそっと抱き寄せ、その小さな頭を撫でて、尚人は優しく言い聞かせた。

「きっとルシウスさんはそんなことで君を嫌ったりしないし、天国のパパも悲しんだりしないよ。……でもね、ルシウスさんのことは、礼音くんが呼びたいように呼べばいいんだよ」

「……ぼくが、よびたいように？」

驚いたように目を丸くして、礼音が尚人を見上げてくる。そうだよ、と頷いて、尚人はゆっくりと言葉を紡いだ。

「伯父さんって呼びたければ呼べばいいし、パパって呼びたければそうしてもいいんだよ。今のまま、ルシウスでもいい。誰がどう思うかじゃなくて、礼音くんがしたいようにしていいんだよ」

「ぼくがしたいように……」

スプーンを持ったまま、礼音がじっと考え込む。黙り込んだ礼音に、尚人は気持ちを切り替え、微笑みを浮かべて促した。

「……さ、食べよう、礼音くん。スープ冷めちゃうよ」

うん、と頷いた礼音が、再び食事を始める。ありがとうございます、と視線で伝えてくるリアムに小さく頷き返して、尚人は礼音の食べ零しを片づけながら食事を続けた。

（礼音くんは優しい子だから、周りの大人のことを気にしすぎて、どうしていいか分からなくなっちゃってたんだろうな）

幼稚園では同い年の子たちとのびのびと遊んでいたのに、とそう考えかけて、尚人はそうだと思いつく。

「礼音くん、今日は先生と一緒にお出かけしよっか」

いい天気だし、お散歩がてらとそう誘うと、礼音がパアッと顔を輝かせる。

「うん……！　どこ？　どこに行くの？」

「まだ内緒。リアムさん、ちょっと行ってみたいところがあるんですが、道案内って頼めますか？」

街に出るのは初めてだから、迷ってしまうと困る。尚人が頼むと、リアムはすまなさそうに謝ってきた。

「申し訳ありません。今日は用事がありまして、私はご一緒できないんです。ですが、館の他の者に申しつけておきますね」

「すみません、お願いします」

ぺこりと頭を下げる尚人を、礼音が急《せ》かす。

「せんせ、はやく食べて。はやくお出かけしよ！」

「うん。あ、じゃあ礼音くん、ニンジン頑張って食べなきゃね」

カップの中に残っていた苦手なニンジンを指し示すと、う……、と礼音が言葉に詰まる。

「……食べなきゃ、だめ？」

「礼音くんがニンジン食べるなら、先生も頑張って早くご飯食べるんだけどなあ」

一個でもいいよ、と言うと、礼音が迷いに迷った末、スプーンでサイコロ状のニンジンをすくって、ぎゅっと目を閉じる。

「ニンジンさん、お願いです。今日だけでいいから、おいしくなって……！」

真剣にお願いする姿がおかしいやら可愛いやらで、尚人は笑いを堪《こら》えながら一緒にお願いした。

「う、うん……、美味《おい》しくなって下さい、ニンジンさん」

「いただきます‼」

鼻息荒く決意した礼音が、ぱくっとニンジンを食べる。もぐもぐごっくん、とものすごい勢いで飲み込んだ礼音が、涙目になりながら尚人を急かした。

「食べた！　食べたよ、先生！　先生も早く！」

「はいはい。じゃあ次はピーマンね、礼音くん」

「ピ、ピーマンも……⁉」

新たなる敵の登場に、礼音がおののく。

「また先生も一緒に、ピーマンさんにお願いしてあげるから。だから頑張ろう？」

青ざめる礼音を応援しながら、尚人も約束通り、急いでスープを口に運んだのだった。


ピーマンとの激戦……もとい、庭での朝食を終え、尚人と礼音が向かったのは、王の館にほど近い、小さな森のすぐそばにある場所だった。

「ここって……」

尚人の手をぎゅーっと握って、礼音が息を呑む。びっくりしたように目を見開いて固まっている礼音に、尚人は微笑んだ。

「こっちの幼稚園ってこうなってるんだね。こういうの、青空教室って言うのかな？　あ、ありがとうございました。帰り道は分かるので、もう大丈夫です」

道案内でついてきてくれたエルフの青年を帰し、尚人は礼音を促して歩き出す。

尚人が道案内を頼んだのは、この王都にある幼稚園だった。生前、百合子先生がこの幼稚園を何度か訪れていたということを聞いたからである。

尚人は昨日一日かけて、館に仕えるエルフたちに積極的に百合子先生のことを聞いて回っていた。

百合子先生はこの世界でどんな生活をしていたのか、どんな人生だったのか。礼音の母でもある彼女のことを知るのは、これが最初で最後のチャンスだと思えば、異種族であるエルフに話しかけることへの躊躇《ちゅうちょ》はすぐに消えてしまった。

エルフたちは、魔法を使えない人間のことを自分たちよりも劣る種族だと思っている様子だった。尚人は王子である礼音の先生であり、王の客人であると説明されているらしく、それなりに尊重してくれているようだが、人間というもの自体に特に敬意を持ってはいないらしい。だが、百合子先生のこととなると別だった。

手当たり次第話しかけているにも関わらず、エルフたちは誰もが百合子先生のことをとても好意的に話してくれた。心優しく、誰にでも親切で、裏表のない彼女は、この世界でみんなに愛されていたらしい。亡くなったことを今でも惜しんでいるエルフばかりで、尚人が百合子先生と知り合いだと知ると、誰もが尚人にお悔やみの言葉をかけてくれた。

そんな中、出てきたのが、この幼稚園のことだったのだ。王弟の妻だった百合子先生だが、以前は幼稚園教諭だったこともあり、度々子供たちと遊んでいたらしい。

そうと聞いた尚人は、百合子先生が通っていた幼稚園がどんなところだったのか、見ておきたくなったのだ。

幼いエルフたちが集まる幼稚園は、尚人の勤め先であるひまわり幼稚園とはだいぶ趣が異なっていた。小さな園舎らしき建物は一応あるものの、大半が遊び場になっており、大きな木の下に小さな机がいくつか並んでいて、青空教室のようになっている。広い遊び場では、礼音と同じくらいの年頃のエルフたちが追いかけっこをして遊んでいた。

「ほら、みんなあっちで遊んでるから、礼音くんも行っておいで」

礼音もここの幼稚園に少し通っていたことがあるらしいと聞いたから、きっとお友達もいるだろう。そう思って促した尚人だったが、礼音は尚人の後ろに隠れると、ぎゅうっと太腿《ふともも》にしがみついて首を横に振る。

「や……、やだ……。ぼく、行かない」

「礼音くん？」

どうしたんだろう、と訝しんだ尚人だったが、その時、子供たちを見ていたエルフの女性がこちらに気づいてやってくる。

「あなたは……、人間ですか？　王のお客人というのは、もしや……」

おそらく彼女はこの幼稚園の先生なのだろう。尚人はにこやかに頷いた。

「はい、そうです。僕は宮坂と申します。百合子先生のことでお話を伺いたくて……」

だが、そこで彼女は尚人の背後に隠れている礼音に気づいたらしい。驚いたように目を瞠り、慌て出す。

「王子……！　あなたが王子をここまで連れてきたのですか⁉」

「……え？」

血相を変えた彼女に驚いて、尚人は背後の礼音を見やり、二度驚いた。

「どうしたの、礼音くん……⁉」

尚人にしがみついた礼音は、今にも泣き出しそうになっていたのだ。

「ぼく……」

礼音が呟いた、その時だった。

「あ……！　泣き虫レオだ！」

少年の高い声が響いたかと思うと、追いかけっこをしていたエルフの子供たちがわらわらとこちらに駆け寄ってくる。

（泣き虫レオって……）

聞き覚えのあるフレーズに、尚人は目を瞠った。

それは、礼音がひまわり幼稚園に来たばかりの頃、康太がからかっていた呼称と同じものだったのだ。

「なんでここにいるんだよ。おまえ、魔法つかえないから人間になったんだろ！」

短い赤茶の髪の少年が、礼音にそう詰め寄る。エルフの先生がすかさず彼の前に割って入り、叱りつけた。

「こら、エドガー！　そんな意地悪言わないの！」

「なんだよー。だってこいつが魔法つかえないの、ほんとうのことじゃん！　魔法もつかえないのに王子なんて、なまいきなんだよ！」

「エドガー！」

口を尖らせるエドガーを必死に背後に押しやり、先生が小声で尚人に説明する。

「……こういうことなんです。ですから王は、礼音王子を人間の世界に……」

「そうだったんですか……」

尚人は呻いて、声もなく震え、自分の背後にすっぽり隠れてしまっている礼音に内心で謝った。

（ごめんね、礼音くん……。知らなかったとはいえ、いきなり連れてきて……）

どうやらエルフという種族は、魔力の強さで厳格に序列を決めているらしい。魔法が使えない人間を自分たちより劣る種族だと思っているのもその意識の表れであり、王であるルシウスはどのエルフよりも高い魔力を誇っているということだった。

そんな社会で、人間とのハーフであり、今まで魔法が使えなかった礼音は、かなり異質な存在だったに違いない。そして、幼い子供はよくも悪くも、そういう異分子に敏感だ。

（……気づくべきだった。礼音くんがわざわざ次元を越えて、人間の幼稚園に入れられた理

由は、これだったんだ）

異世界に来たとはいえ、自分が礼音の先生であることは変わりないのに、そこまで考えが及ばなかったことを、尚人は反省した。

だが、礼音はもう、魔法が使えるようになったのだ。エドガーもそれが分かれば、からかうのをやめてくれるかもしれない。

「エドガーくん、だっけ？」

すとん、とその場にしゃがんで、尚人はエルフの少年、エドガーに話しかけた。

「礼音くんはもう、魔法使えるよ。だってほら、僕、人間でしょ。僕は礼音くんの魔法でここまで来たんだよ」

彼らと形の異なる耳を示してみせると、エドガーはふんと鼻を鳴らした。

「そんなのうそだ！　だって『じげん』をこえる魔法は、王様しかつかえないって、先生が言ってたぞ！　それに、今のレオ、ぜんぜん魔力ないじゃん！」

どうやらエルフたちは、相手が魔力を持っているのかどうか、見ただけで分かるらしい。

「そうなの？」

首を傾げ、振り返った尚人に、礼音が小さく頷いた。

「うん……。あれからまた、魔法、つかえなくなっちゃった」

「ほらな！　やっぱり泣き虫レオじゃないか！　すぐ泣くおまえなんか、だれもなかよくしたくないってさ！」

　得意気にふんぞり返るエドガーだが、尚人は首を横に振る。

「うーん、それは違うんじゃないかな。だって礼音くんは今、泣いてないでしょ。それに、お友達だっていっぱいいるんだよ。そうでしょ、礼音くん」

「あ……、う、うん……。いっぱい、いる……」

　逃げ腰になりながらもそう頷いた礼音に、エドガーが不審そうに首を傾げる。

「ほんとか？　おまえとなかよくしたいやつなんて、いるのか？」

「うん……。康太くんも、美香《みか》ちゃんも、あと瞳《ひとみ》ちゃんと、悟《さとる》くんも、お友だちだよ」

　ひまわり幼稚園でできた友達の名前を上げるうち、礼音の顔が明るくなってくる。

「先生……、ぼく、いっぱいお友だち、いる」

「……うん、そうだね」

　嬉しそうに声を弾ませた礼音に向き直り、尚人は礼音の細い体をぎゅっと抱きしめた。

　ユリ組での日々がこの子の自信に繋がったのだと思うと、尚人も嬉しさが込み上げてくる。

　いつもだったら連絡帳に必ず書いただろう。

　えへへ、と照れたように笑う礼音だったが、エドガーはそれが面白くなかったらしい。見る間にむすっとした顔になったエドガーは、強がるように言った。

「なんだ、ぜんぶ人間じゃないか。花もとばせない人間なんて、友だちにしたっておもしろくもなんともないだろ！」

「花を飛ばす……？　それって……」

尚人が首を傾げたのを見て、エドガーは得意気に両手を花壇に向けて突き出した。

「こうだよ！」

次の瞬間、ふわっと花壇の花々が舞い散り、宙に浮かぶ。巻き起こった小さな旋風に、先生が慌ててエドガーをとめた。

「こら、エドガー！　無闇《むやみ》に魔法を使ったらいけないって、いつも言ってるでしょ！」

だが、集まったエルフの子供たちは、宙を舞う花びらにきゃあきゃあと歓声を上げ、楽しそうに走り回っている。それを見て、礼音はすっかりしゅんと肩を落としてしまった。

「……ぼく、あんな魔法、つかえない……」

「礼音くん……」

王子なのに、と呟く礼音は、きっと誰よりそのことを気にしていたのだろう。尚人は礼音の手をぎゅっと握って、励ました。

「でも礼音くん、こないだユリ組の中で、一番遠くまで飛ぶ紙飛行機作ったじゃないか。幼稚園の門より遠くに行っちゃって、とってもすごかったよ」

なんとか自信を取り戻させてあげたくてそう言った尚人だったが、礼音より早く反応したのはエドガーだった。

「カミヒコーキ？　なんだ、それ」

「え？」

この年頃の子供はみんな紙飛行機くらいは知っているのでは、と戸惑った尚人だったが、エルフの先生も首を傾げる。

「カミヒコーキ……、昔、ユリコ様がそういったものを子供たちに作ってくれた気がしますが……。確か、オリガミというものでしたかしら？」

「え……、ええ。あの、もしかして、こちらでは折り紙で遊んだりしないんですか？」

「そうですね。風を操る魔法の練習はしますが、ああいったものはあまり……。ユリコ様が作ってくださったものも解体してみたけれど、作り方がよく分からなくて」

どうやらここでは、折り紙という概念自体がないらしい。わらわらと集まってきた子供たちが、エルフの先生を見上げて次々に質問する。

「先生、カミヒコーキって？」

「オリガミってどんな魔法なの？」

ええと、と困ってしまった彼女を見て、尚人は立ち上がった。

「あの、四角い紙ってありますか？　机もお借りしていいでしょうか」

「え、ええ。ちょっと待ってくださいね」

先生が園舎から適当な紙を持ってきてくれる。大木の下にある小さな机まで移動して、尚人は礼音を呼んだ。

「礼音くん、みんなに紙飛行機の折り方、教えてあげて」

「え……？　ぼ、ぼく？」

「うん。だって礼音くん、先生より紙飛行機作るの上手でしょう？」

おいで、と手招きすると、礼音がおずおずと進み出てくる。エルフの子供たちに囲まれ、緊張しながらも、礼音は上手に紙を折って紙飛行機を作っていった。

「ここを、こうやって……、ここをちゃんとつぶさないと、まっすぐ飛ばないんだ。それで、あとはこうして……、……できた」

完成した紙飛行機を、子供たちが興味深そうに見つめる。

「カッコいいのできたね。じゃあ、飛ばしてみよっか」

こくんと頷いた礼音が、広い遊び場に向かって紙飛行機を飛ばす。

すーっと風を切って飛んだ紙飛行機に、わっと子供たちの歓声が上がった。

「すごーい！　紙がとんだ！」

「これ、ほんとうに魔法じゃないの？　どうしてとぶの？」

「え……、えっと」

みんなに囲まれた礼音が戸惑ったその時、エドガーが礼音の目の前に立つ。びくっと肩を震わせた礼音だったが、エドガーはにかっと笑うと興奮したように目を輝かせて言った。

「おまえ、すごいな！　ただの紙であんなの作れるなんて、おれ知らなかった！」

「え……」

「おまえの魔法のれんしゅう、おれがつきあってやるよ！　だからおれにも、あのカミヒコーキの作りかた、おしえてくれ！」

「あ……、う、うん！」

頷いた礼音が、エドガーと一緒に紙飛行機を折り始める。

その顔は明るく輝いていて、尚人はほっと胸を撫でおろした。

（よかった……。またいっぱいお友達増えるといいね、礼音くん）

だが、夢中で折り紙をしているエルフの子供たちを見ていると、元の世界に残してきてしまったユリ組の子たちのことが思い浮かぶ。

（みんな、元気にしてるかな……）

お昼寝から目覚めたら急に担任がいなくなって、きっと子供たちは不安に思っただろう。

早く戻って、みんなに会いたい。

会ってぎゅっと抱きしめて、不安にさせてごめんね、もう大丈夫だよと安心させてあげたい——。

と、そう思っていた、その時。

「……これは、どういうことだ？」

背後で低い声がして、尚人は驚く。振り返ると、そこには――。

「ルシウスさん……？　どうして、ここに……」

「陛下……！」

慌てた先生が、子供たちを並ばせようとする。それを片手で制して、ルシウスは折り紙で盛り上がる子供たちにじっと視線を注ぎながら呟いた。

「礼音が、あんなに笑って……」

唖然としているルシウスに、尚人はそっと説明する。

「みんなで折り紙をしてるんです。礼音くんは折り紙得意だから」

「折り紙……？」

「ええ。人間の子供がよくする遊びです。紙を折って、いろんな形を作るんです」

鶴《つる》とか紙飛行機とか、と尚人が言うと、ルシウスは思い当たったように呟く。

「ああ……、あれが紙飛行機か。連絡帳に書いてあった……」

「え？」

（連絡帳って……）

尚人が目を見開くと、ルシウスはハッとしたように表情を硬くする。

「……なんでもない。遅くならぬ内に、礼音を連れて戻れ。……よいな」

「あ……、は、はい」

豊かなプラチナブロンドを揺らし、遠くなる背中に、尚人はもしかして、と思う。

（もしかして、ルシウスさん……、連絡帳、見ていてくれた？）

それに、本当だったら今、彼は政務の真っ最中のはずだ。

仕事を中断してここまで来たのは、館に帰った道案内の青年から、尚人が礼音をつれてこの幼稚園に行ったと聞き、心配して様子を見にきたのではないだろうか。

それだけではない。先ほどエルフの先生は、礼音がこの幼稚園で友達とうまくいかなかったから、王が礼音を人間の世界にやったと言っていた。

おそらくルシウスは、礼音が魔法を使えないコンプレックスを感じずに済むようにと、そう思って、わざわざ人間の世界の幼稚園に通わせていたのだろう。

（礼音くんに厳しく接していたのは、弟さんに代わって自分がちゃんと育てなきゃって、責任を感じて気負いすぎてたから……？）

思えば、執務室に弟一家の姿絵を飾っていたくらいだ。ルシウスはきっと、亡くなった弟のことを大事に思っていたのだろうし、実の親でないからこそ、気負ってしまう部分があったのかもしれない。

だから、必要以上に厳しく接してしまい、礼音に怖がられてしまっていたのではないのだろうか。

礼音を大事に思うあまりに、空回りし、うまくいっていなかったのだとしたら——。

（……もしかして、すごく、不器用な人なだけなのかも……）

それに案外、親バカなのかもしれない。

王様にそんなことを思うなんて、と思いながらも、白亜の塔へと帰っていく後ろ姿がなんだか微笑ましくて、尚人はこっそり、笑みを零したのだった。


尚人がルシウスの呼び出しを受けたのは、翌日の夕方のことだった。

高い塔の最下部には魔法で動く絨毯《じゅうたん》があり、それがエレベーターの役目を果たしているらしい。迎えに来たリアムと共にそれで最上部の執務室まで向かった尚人は、ふわふわ宙に浮く絨毯にすっかり腰が抜けてしまい、若干足元をふらつかせながらルシウスの前に立った。

「な……、なにか、用事があると伺ったんですが……」

「ああ。……どうしたのだ？」

「いえ、ちょっと……。高所恐怖症じゃなくても、扉全開の観覧車に乗ったらこんな感じなんだなって……」

力なく笑う尚人に、ルシウスが意味が分からぬと眉を寄せる。

「カンランシャ？　それはなんだ？」

「ええと、小さな乗り物がいっぱいぶら下がった、大きな円状の……、遊具みたいなものです。人間の世界では、それを機械でぐるぐる回して、高い場所からの眺めを楽しむんです」

魔法で風を操れる彼らは、わざわざそのようなものを造ろうという発想もないのだろう。

尚人は気を取り直し、なんとか背中をまっすぐ正して改めて聞いた。

「それで……、なんでしょうか？　礼音くんならまだ、幼稚園から帰ってきてませんが……」

昨日、紙飛行機の折り方をエルフの子たちに教えた礼音は、代わりに今日は魔法の練習を一緒にする約束をしたらしく、朝から幼稚園に出かけている。尚人は今日もまた、館に仕えるエルフたちに百合子先生の話を聞いて回っていたため、久しぶりに礼音とは離れて過ごしていた。

「あ、ああ。……その、な」

けれどルシウスは、尚人が礼音の名前を出した途端、そわそわと落ち着かない様子で視線を泳がせ始める。なかなか用事を言い出さない彼に、尚人は首を捻《ひね》ってしまった。

「あの……？」

まだ知り合って日は浅いが、こんなに言い渋るのはなんだか彼らしくない気がする。

（なにか言いにくいことなのかな……？　でも、ルシウスさんなら言いにくいことでも、きっちり言いそうな気がするんだけど……）

王であるルシウスは、基本的に誰かに対して遠慮するということはない。それは彼がこのアルフヘイムにおける絶対的な王者だからなのだろうと、尚人は感じ取っていた。

エルフたちから様々な話を聞く中で、尚人はルシウスの人となりについても聞く機会が度々あった。エルフたちの中でも群を抜いて高い魔力を有しているルシウスは、この地に都を築く際に中心となった立役者で、都が繁栄したのもルシウスの功労あってこそらしい。彼にしか使えない魔法も多く、ルシウスはそれらの魔法を駆使し、これまで幾度もの危機からエルフたちを救ってきたということだった。

エルフは基本的に不老不死であり、一定の年齢に達した後はほとんど外見が変わらないらしい。ルシウスはすでに三百才を越えているとのことだが、エルフの中ではまだまだ若く、才気溢れる王とのことだった。

普段は堂々としており、何事にも動じないようなルシウスが、こうして言いにくそうにするとしたら、それは――。

と、そこで、ルシウスが意を決したように口を開く。

「……その、……昨日の、あれだが」

「……あれ?」

その代名詞がなにを指すのか咄嗟《とっさ》に分からず、尚人は首を傾げた。

「あれって……、なんのことでしょう?」

聞き返した尚人に、ルシウスの眉間がぎゅーっと寄って深い皺を作る。

「……折り紙だ」

ぼそっと、低い声で早口にそう言われ、尚人は戸惑いながらも一応頷いた。

「はい。折り紙が、どうかしましたか？」

「だから、その……、こちらの世界で、あの折り紙とやらは珍しい。私も王として知っておきたいと思ったのだ……！」

仏頂面で、何故か苛立たしげにそう言うルシウスに、尚人は一層戸惑いを深くする。

（えっと……、これは折り紙を教えてほしいってこと、かな？　……でも、王様が折り紙を知って、どうするんだろう）

エルフの幼稚園の先生には教えてほしいと言われて、昨日あれこれ折り方を教えてきたけれど、王であり、特別な魔法が使えるルシウスがわざわざ折り紙の折り方を覚えてどうするというのだろう。

訝しんだ尚人だったが、その時、それまでそばに控えていたリアムがそっと、耳打ちしてきた。

「……尚人先生、王は礼音様を喜ばせたいのです」

「礼音くんを？　……ああ」

ようやく腑に落ちて、尚人はまじまじとルシウスを見つめた。

（つまり、さっき言いにくそうにしてたのも、すごく回りくどい言い方してたのも、礼音くんのために教えてほしいって言えなかったってことなのか……)

「……なんだ」

尚人の視線に、居心地が悪そうにルシウスが視線を泳がせる。

くすくすと笑いながら、尚人は思わずルシウスに言っていた。

「いえ。あなたって、見かけによらず不器用で優しい人なんだなあって思って」

「な……」

絶句したルシウスは、おそらく今までそんなことを誰かから言われたことはなかったのだろう。だが、尚人はもう、知ってしまっているのだ。

(……ルシウスさん、本当は今までの連絡帳、全部に目を通してるって話だった)

昨日、ルシウスが口を滑らせたことが気になった尚人は、リアムにそのことを聞きに行っていた。

するとリアムは、今まで一月に一度、礼音を連れて定期的にこちらの世界に帰る際に、ルシウスに言われて連絡帳を届けていることを打ち明けてくれた。

『お一人になられた時、優しいお顔で連絡帳を読まれていたのを偶然見てしまって……。私には、人間の世界のことを知るためだと言い訳していらっしゃいましたが、あれは礼音様の普段の様子をお知りになりたいからに違いありません』

内緒ですよ、と教えてくれたリアムと一緒に苦笑したことを思いだし、尚人はさらりと微笑んで言った。

「ルシウスさんは礼音くんのこと、大事にしてらっしゃるんですね」

「……どうせそなたも、柄にもないことを、と思っているのだろう。実子でもないのだから、礼音のことは使用人にでも任せておけばよいのに、と」

低く唸るルシウスの、あまりに具体的な言葉に尚人が当惑すると、リアムがこっそり補足してくれる。

「……どれもご親戚から言われたことです」

ああ、と納得して、尚人はそっぽを向いてしまったルシウスを見つめた。

（それで連絡帳のこととかも、隠してたのかな……）

外野からあれこれ言われ、礼音の親としてどう接すればいいのか悩んだ末に、頑なな態度が崩せなくなってしまったのだろう。だが、ルシウスは本心では、礼音のことを大切にしたいと思っているはずだ。

「……そんなこと思いません。実の親でないから親の愛情を与えられない、なんて考えなら、最初から引き取るべきじゃない。実の親を亡くしたからこそ、子供は誰かから愛されたいと思っているはずですから」

両親を亡くした礼音が、自分と重なって思えて、つい口調が熱っぽくなってしまう。少し戸惑ったような様子のルシウスに気づいた尚人は、ハッと我に返り、慌てて話題を変えた。

「すみません、折り紙でしたね。じゃあこっちでやりましょうか。リアムさん、なにか紙はありますか?」

豪奢《ごうしゃ》なソファに腰掛け、ローテーブルの上で、リアムが用意してくれた紙をまず正方形に整える。向かいに腰掛けたルシウスが、興味深そうに尚人の手元を見つめてきた。

「……このまま折ってはいけないのか?」

「うーん、いけないってことはないのかもしれないけど、折り紙は基本的にこういう正方形の紙で折るものなんです。あっちの世界ではいろんな色がついている紙で折るんですが、そういう紙で折ると出来上がりも綺麗なんですよ」

尚人の言葉を聞いて、お茶を淹《い》れていたリアムが申し出る。

「でしたら、もっとよさそうな紙があります。ちょっと取ってきますね」

失礼します、と一礼したリアムが、例の絨毯で退室する。

(帰りもあの絨毯で降りるのか……、いやいや、今は考えないようにしよう)

まずは紙飛行機を折りましょうか、と気を取り直し、尚人はルシウスに説明しながら折り紙を折っていった。

「折り紙には山折りと谷折りっていうのがあって、これが山折りで……、どうぞ、ルシウスさんもやってみて下さい」

「あ、ああ」

見よう見まねで折り紙を折るルシウスだったが、長い指先は覚束《おぼつか》ない様子で、ともすると折り目が歪《ゆが》みそうである。尚人は立ち上がり、ルシウスの隣に移動した。

「ちょっと失礼します。そっち、詰めて下さい」

「な、なんだ?」

「同じ方向から見たほうがやりやすいですから。ほら、最初からもう一度、やってみましょう」

今までは、王様という身分の人にどう接したらいいか分からず、礼音に対する頑なな態度のこともあって、正直なところ、ルシウスのことを敬遠する気持ちがあった。けれど、単に不器用なだけで、本当は礼音のことを大事に思ってくれているのだと分かった今は、勝手に同志のような気持ちが芽生えている。

礼音を喜ばせるために折り紙を覚えたいとなれば尚更で、尚人はすっかり遠慮を捨て、こうやって、とルシウスにゆっくり丁寧に教えていった。

テーブルに広げた紙を折る尚人を、しばらく奇異なものでも見るようにまじまじと見つめていたルシウスだったが、やがて自分の手元の紙も尚人に倣《なら》って折り出す。

だが、予想外に不器用なエルフの王は、手先も不器用だった。

「……難しいな」

ぐちゃっとなった紙を前に眉を寄せるルシウスに、尚人は根気強く教える。

「角をきちんと合わせると綺麗にできますよ。折り目もぴしっと全部潰《つぶ》して……、そうそう、上手上手」

ついつい園児に教える時のような口調になってしまうが、ルシウスは特にそれに文句を言うこともなく、折り紙に集中している。

二人はリアムが入れてくれたお茶に手をつけることも忘れて、紙飛行機作りに熱中した。

「これが基本の形で……、ここからいろんなアレンジをするんです。空気抵抗が少なくなるようにあれこれ試して、飛ばしてみるといいですよ」

「飛ばす？」

「こうやって……、ほら」

自分で折った紙飛行機をすーっと飛ばす尚人に、ルシウスが目を見開く。エドガーと似たり寄ったりの反応に微笑みながら、尚人はルシウスにも促した。

「下のところをつまんで、そっと腕で押し出すようにして手を離すんです。やってみて」

「ああ。……ん」

尚人が教えたように紙飛行機を飛ばしてみるルシウスだが、うまくいかず、ぽとっとその場に落ちてしまう。足元に落下しただけの紙飛行機に、む、とルシウスが顔をしかめた。

「……飛ばぬ」

「も、もう一度折ってみましょうか。きっちり折れば、ちゃんと飛ぶはずですから」

練習あるのみ、とそう言う尚人に、ルシウスは案外素直にうむ、と頷いた。

「こうやって……、うん、そう、上手」

真剣な顔つきで折り紙を折るルシウスを褒めながら、尚人はなんだか微笑ましい気持ちでいっぱいになってしまった。

豪奢な衣装を身にまとい、美しくも厳しいエルフの王が、まさか息子のためにこんなに真剣に折り紙を覚えようとしているなんて。

「……気になっていたことがあるんですが、聞いてもいいですか？」

この機会にと切り出した尚人に、ルシウスが折り紙に注視したまま、ああと頷く。

「ルシウスさんは、礼音くんを人間の世界に戻すつもりはないんでしょうか？」

自分を元の世界に戻すという話が出た時から気になっていたことを、尚人は聞いてみた。

入念に山折りの折り目をつけながら、ルシウスが頷く。

「ああ。礼音はもう、魔力が開花した。人間の世界に戻すわけにはいかない」

予想通りの答えに、尚人はやっぱり、と視線を落とした。

礼音はまだそのことに気づいていない様子だが、やはりルシウスは礼音をひまわり幼稚園に戻すつもりはないのだ。

「……なんとか戻してあげられませんか？　礼音くん、向こうでたくさんお友達ができたんです。ですから、せめて半年後の卒園まで……、僕もできるだけサポートしますから」

もう二度と友達に会えないとなったら、礼音はきっとショックを受けるだろう。そう思って訴えた尚人だが、ルシウスはきっぱりとそれを退ける。

「ならぬ。礼音の魔力はまだ安定していない。今回のようなことが再び起こらないとは限らぬ。第一、そなたは記憶を失うのだぞ。サポートなどできまい」

「それは……、そうですけど、でも……！」

なおも食い下がる尚人に、ルシウスがならぬ、と低い声で静かに繰り返す。

その眉間に深い皺が刻まれていることに気づいて、尚人は黙り込んだ。

確かにルシウスの言う通り、また礼音が魔力を暴走させてしまったら、今度こそ取り返しがつかない事態に陥るかもしれない。自分がそうならないよう気をつけてあげられるならまだしも、尚人は元の世界に戻ったら、礼音が実はエルフと人間のハーフであることも忘れてしまう。

折り紙を折る手をとめて、ルシウスが苦悩の滲《にじ》む声で呟く。

「……礼音には可哀相なことだが……、だが、私はエルフ族を預かる王の身。その私が、エルフ族を危険に晒《さら》す可能性が少しでもあるような真似《まね》をするわけにはいかぬ」

「ルシウスさん……」

その声音で、本当はルシウスも礼音を人間の世界に戻してやりたいのだと、礼音を悲しませたくはないのだと知れて、尚人はそれ以上無理を言えなくなってしまった。

（ルシウスさんにとっても、苦渋の決断なんだ……）

それでも、礼音はきっとがっかりするだろうと思うとやるせなくて、肩を落とした尚人だったが、その時、リアムが戻ってくる。

色とりどりの紙を手にしたリアムは、にこにこと笑みを浮かべて歩み寄ってきた。

「お待たせしました。こういった紙で折っても綺麗なのではと思いますが……」

だが、リアムは部屋を見渡すなり、首を傾げて思いがけないことを聞いてくる。

「あれ？　礼音様はどちらですか？」

「え……？」

「私が紙を取りに行く時、下で礼音様と入れ違いになったのです。幼稚園が終わって、帰っていらしたと……。綺麗な椎《しい》の実を見つけたから、尚人先生にあげるのだと仰っていたのですが……」

リアムの言葉に、尚人は思わずルシウスと顔を見合わせた。

「まさか……」

慌ててリアムが乗ってきた絨毯へと駆け寄ると、艶々《つやつや》とした椎の実がひとつ、ころんと転がっている。

（聞いちゃったんだ、礼音くん……）

おそらく礼音は尚人とルシウスの会話を聞いてしまい、この塔を飛び出したのだろう。

尚人は居ても立ってもいられず、絨毯に飛び乗った。

動き出した絨毯に、ルシウスも衣の裾を翻し、飛び乗ってくる。

「待て！　私も行く……！　リアム、念のため、塔の中に礼音がおらぬか探せ！」

常にはない、焦った様子のルシウスに、リアムが慌ててかしこまる。

（礼音くん……！）

ぎゅっと椎の実を握りしめた尚人は、早く、と動く絨毯に念じていた。

早く、一刻も早く礼音の元へと願う尚人の頭からは、いつの間にか空を飛ぶ恐怖など吹き飛んでいた。


「駄目です、こっちにも来てませんでした……！」

幼稚園から駆け戻って、尚人は道の分岐点まで来ていたルシウスに合流した。館の中を探してからこちらに追いついたルシウスが、尚人の報告にぎゅっと眉間を寄せる。

「一体どこに行ったのだ⁉　子供の足で行けるところなど、限られているだろうに……！」

乱れた髪もそのままに唸るルシウスが、後ろから駆けつけた館のエルフたちに指示を出す。

「お前たちは、向こうの通りを探せ。見かけた者がおらぬか、よくよく聞くのだ……！」

なにか分かればすぐに知らせよ、とそう命じる王に、エルフたちがハッと頷いて駆け出す。

気がつけば空は茜色《あかねいろ》に染まり、夕闇が刻一刻と迫ってきている。このまま夜になったら探すのは困難になるし、なにより礼音が心細い思いをするだろう。

尚人は息を整えながら、ルシウスに問いかけた。

「どこか他に、礼音くんが行きそうな場所は思いつきませんか⁉　好きな場所とか、思い出があるところとか……！」

「そのような場所があれば、とっくに探しておる……！」

苛立ちながら、ルシウスが近くの公園へと足を踏み入れる。

「礼音……！　礼音、頼む、出てきてくれ……！」

真っ白な衣が汚れるのも構わず、茂みをかき分けてルシウスが呼びかける。

「お前まで失ったら、私は……！」

低く呻くルシウスは、尚人のことなどもう目に入っていないのだろう。その美しく整った横顔は真っ青で、唇は小さく震えていた。

（ルシウスさん……）

たとえ実子でなくとも、ルシウスにとって礼音はもうとっくに自分の息子なのだろう。

息子を、家族を失うまいと必死なルシウスの姿に、彼にとってどれだけ礼音が大切な存在なのかが伺いしれて、尚人も懸命に公園の中を探す。しかし、どこにも礼音の姿はない。

「礼音くん……っ、礼音くん、どこ……⁉」

夢中で呼びかけていた尚人だったが、その時、急速に空が暗くなり始める。夜になってしまったのだろうかと上を見上げた尚人は、ぽつ、と頬に当たった雨粒に目を見開いた。

「雨……⁉　こんな時に……！」

サアッと降り始めた雨に、慌てて木陰に入る。離れた場所を探していたルシウスを振り返るが、彼は雨にすら気づかない様子で捜索を続けていた。

尚人は急いでルシウスに駆け寄った。

「ルシウスさん、雨が降ってきました……！　いったん戻りましょう」

もしかしたら礼音も戻ってきているかもしれないと、そう言いながらルシウスを木陰に引っ張り込む。しかし、ルシウスは頭を振ると、雨の公園に戻ろうとする。

「……いや、私はまだ探す。万が一戻っていなかったら、今頃礼音はどれほど心細い思いをしているか知れぬ。そなたは戻ってよい」

他の者にも戻るよう伝えよ、とそう言って飛び出していく後ろ姿に、尚人は叫んだ。

「ルシウスさん……！　それなら僕も、探します……！」

きっとこの公園には礼音はいない。どこか他の場所を、と尚人は考えを巡らせる。

(他に礼音くんの行きそうなところ……、礼音くんが行きたくなりそうなところ……)

懸命に考えを巡らせて、尚人はハッと思いついた。

悩み事がある時、かつて自分がよく行っていた場所があった。それは――。

「ルシウスさんっ、百合子先生とローランドさんのお墓はどうですか⁉　確か、この近くにあるんですよね……⁉」

いずれお墓参りに行こうと思ってあらかじめリアムに場所を聞いていたことを思い出し、叫んだ尚人に、ルシウスが息を呑む。

「……っ、ああ、こっちだ！」

来い、と呼ばれて駆け寄ると、ルシウスが一番上に着ていた長衣の襟を掴んだまま片腕を広げ、尚人を懐に庇《かば》う。

「え……」

ふわ、と清浄な香りが漂って、尚人は予想外の出来事に一瞬固まってしまった。

シトラスのような香りはキリリと澄んでいて、僅《わず》かに紅茶のような余韻が残る。気品のある香りは、王である彼にはいかにも似合いの香りだったが、あまりに近い距離に尚人はどぎまぎしてしまった。

「あ……、あの」

少し距離をとろうと、後ずさりかけた尚人だったが、ルシウスはぐいっと尚人の肩を抱いて眉を寄せる。

「なにをしている。離れたら濡れるだろう。……こっちだ」

自身は濡れるのも構わず、ルシウスが尚人を促す。気を取り直し、はい、と頷いた尚人は、そのまま小走りに駆け出した。

(び……、びっくりした……。こういうの、普通日本人はナチュラルにやらないからな……)

そう思いかけて、ルシウスはそもそも人間ではなかったと思い直す。

(でも……、人間じゃなくてエルフでも、子供を思う気持ちは一緒なんだ)

ちらっと見上げたルシウスは、硬い表情でまっすぐ前を見つめている。

尚人は心の中で、この人のためにも早く礼音が見つかりますようにと願いながら、いっそう足を速めた——。


途中途中、物陰に礼音が隠れていないかと覗き込みながら墓地へと着いた時には、もうすっかり日が暮れていた。相変わらず降り続く雨の中、ルシウスが入り口の門を開き、奥を指し示す。

「二人の墓は、この墓地の一番奥だ」

「分かりました。あの、あそこ、灯《あか》りがついてるけど管理小屋ですか?」

木々が密集した中に、小さな小屋があるのに気づいた尚人に、ルシウスが頷く。

「そうだ、確か墓守が住んでいるはずだ」

「だったら、ルシウスさんは先にお墓に行ってて下さい。僕、墓守の方に礼音くんを見かけていないか聞いてみます……！」

「ああ、頼む……！」

ルシウスの懐から飛び出て、尚人は灯りのついている小屋に向かって駆け出す。

もしかしたら礼音は、あの小屋で雨宿りさせてもらっているかもしれない。そうだったらいいのだけど、と思いながら木々の間を走る尚人だったが、そこで思いがけない光景に出くわした。

「礼音くん……！」

小屋の手前にある大きな木のうろに、礼音がすっぽりと入り込んで眠っていたのだ。尚人は駆け寄り、礼音の前でへなへなと崩れ落ちた。

「こんなところに……」

すうすうと規則正しい寝息を立てている礼音は、枝葉が遮ってくれたおかげで雨に濡れてもいない。

よかった、とホッとして、尚人は息を整えながら礼音を起こしにかかった。

「礼音くん、……礼音くん、起きて」

「ん……、せん、せ……？」

目を開けた礼音が、ふわぁ、と大きな欠伸《あくび》をする。

「ぼく……」

小さな手で眠そうに瞼《まぶた》を擦る礼音に、尚人は心を落ち着け、優しく話しかけた。

「よかった、無事で……。探したんだよ？」

「あ……」

ようやく眠る前の状況を思い出したのだろう。礼音が目を丸くして身を起こし、気まずそうに視線を泳がせる。

尚人はそっと、礼音に声をかけた。

「……帰ろう、礼音くん。ルシウスさんも迎えに来てるから……」

しかし、礼音は――。

「……やだ」

「礼音くん……」

「やだ……っ、帰らない……！　先生といっしょにユリ組にもどしてくれるって言うまで、ルシウスのとこなんか、帰らない……！」

目にいっぱい涙を溜《た》めてそう叫ぶ礼音に、尚人は困り果ててしまった。

「やっぱり、聞いちゃったんだね……。僕とルシウスさんの話……」

ため息をついた尚人に、礼音がぎゅうっと唇を嚙《か》み、こくんと頷く。

小さく肩を震わせ、礼音は躊躇いがちに呟いた。

「ルシウスは……、ぼくのこと、き……、きらいなんだ……。ぼくがほんとうの子どもじゃないから、だからあんないじわる、言うんだ……」

自分が誰かから嫌われている、ということを口に出すのは、とてもつらいことだ。

自分の価値を貶《おとし》めるような気がするし、なにより言葉にしてしまうことで、それが覆らない事実であるかのように思えてしまう。

尚人には痛いほどそれが分かって、だからこそ、礼音の言葉を強く否定した。

「そんなことない……！　ルシウスさんは礼音くんのパパとママと同じように、礼音くんのことを大事に思ってるよ……！」

いつも穏やかな尚人が大声を出したことにびっくりしたのだろう。礼音の琥珀色の瞳から、ぽろりと涙が零れ落ちる。

先生、と戸惑うような表情を浮かべた礼音の前に膝をついて、尚人はぎゅっと礼音の細い体を抱きしめた。

「……嫌われてるなんて、そんなこと思ったらいけないよ、礼音くん。みんな、礼音くんのことが大切で、大好きなんだから」

「で……、でも、ルシウスは……」

「ルシウスさんが一番、礼音くんのこと心配してるんだよ」

言い聞かせるようにゆっくりと、尚人は礼音に教えてあげる。

「礼音くんをひまわり幼稚園に入れたのも、君にお友達ができるようにって、ルシウスさん、一生懸命考えたんだと思う。だから、本当はルシウスさんも、礼音くんを向こうのお友達と引き離さないで済むならそうしたいと思っているはずだよ」

少なくとも先生にはそう見えたよ、とそう言う尚人の言葉を、礼音は黙ってじっと聞いていた。

細い肩を撫でながら、尚人は礼音に届くようにと、懸命に言葉を紡ぐ。

「さっきだって、礼音くんのことを喜ばせたくて、僕に折り紙教えてほしいって言ってたんだよ」

「ルシウスが、おりがみ……？」

びっくりしたように聞き返す礼音に、そうだよ、と頷いて、尚人は続けた。

「今だって、ルシウスさん、礼音くんのことを一生懸命探してる。この雨の中、礼音くんが心細い思いしてるんじゃないかって、すごく心配してたよ」

「ぼくのこと、しんぱいしてたの……？　ルシウスが……？」

礼音の呟きに、うんと頷いて、尚人は優しく彼を叱った。

「だからね、礼音くん。どうしても向こうの世界に戻りたいなら、こんなふうにみんなに心配かけるやり方じゃ駄目だ。ちゃんとルシウスさんに自分でお願いしないと」

「……はい」

「それでも、駄目なものは駄目かもしれない。でもね、それはルシウスさんが礼音くんのためを思ってのことなんだ。決して、ルシウスさんは礼音くんのことを嫌いなんかじゃない」

先生が保証する、とそう言うと、礼音は再びこっくりと頷いた。ぐっと涙を堪え、ごしごしと袖口《そでぐち》で目元を擦って立ち上がる。

「……先生、ぼくルシウスにごめんなさいする。ルシウス、ゆるしてくれるかな……？」

「うん、……きっと、許してくれるよ。ルシウスさんも、優しい人だから」

微笑む尚人に、礼音が決意を秘めた表情で聞いてくる。

「先生、その間、おててぎゅーって、しててくれる？　先生とおてて、ぎゅーってすると、ぼく、なんでもがんばれる気がするから……」

「うん、もちろん、いいよ」

はい、と手を差し出すと、礼音が小さなその手でぎゅーっとしがみついてくる。行こうか、と促して、尚人は礼音と共に墓地の方へと向かった。

木々の間を抜けると、雨足はだいぶ弱まっていた。

遠くで墓石の間を探し歩いていたルシウスが、尚人の隣にいる礼音の姿に気づいたらしく、駆け寄ってくる。

「礼音……！」

長い耳の先からぽたぽたと滴を垂らし、ほっとした表情を浮かべたルシウスだったが、次の瞬間には眉間に深い皺を刻んで、礼音を叱ろうとしかけた。

「一体今までどこへ……！」

「待って下さい、ルシウスさん」

雷のようなその怒声を遮って、尚人は礼音と共に進み出る。

「先に、礼音くんの話を聞いてあげて下さい。……ほら、礼音くん」

「う……、うん」

ルシウスの怒りに怯えかけていた礼音が、尚人の後押しで一歩、進み出る。

「……ごめんなさい、ルシウス。ぼく……、ぼく、ルシウスはぼくのこと、きらいなんだって、だからいじわるするんだって思ったらすごく悲しくて……、そうしたらパパとママにどうしても会いたくなっちゃって……、それで、気がついたらここにきてたの」

「礼音……」

呻くようにルシウスに呼ばれて、礼音がぎゅっと尚人の手を握りしめる。

頑張れ、と励ますように手を握り返して、尚人は震える声を絞り出す礼音を見守った。

「でも……、でも、尚人先生がね、そんなことないよって、おしえてくれたの。ルシウスも、パパとママとおなじように、ぼくのこと好きだって……。……それって、本当？」

おそるおそるそう聞いた礼音に、ルシウスがぐっと眉間を深く寄せて頷く。

「ああ、もちろんだ……！　私はお前の父親になると決めたのだぞ……！」

力強い一言に、礼音が小さく息を呑む。

するりと、尚人の手から礼音の手が離れた。

「お前は私の息子だ……！　誰が嫌ったりするものか……！」

「……っ、ルシウス……！」

駆け寄ってきた礼音を、地に膝をついたルシウスが抱き留める。すっぽりと礼音を抱きしめたルシウスの濡れた金色の髪が、するりと衣の上を滑り落ちた。

「ぼく……、ぼく、ルシウスのこと、お父さんって呼んでもいい……？」

「っ、ああ、好きなように呼べばよい」

頷いたルシウスに、礼音がお父さん、とはにかみながらも嬉しそうに呼びかける。ああ、と何度もそれに頷くルシウスを見つめて、尚人は微笑みを浮かべた。

（……よかった）

いつの間にか雨は上がり、雲の切れ間から星々が顔を覗かせ始めていた。

ふわり、ふわりとどこからともなく漂ってきた星の花が、まるで寄り添うように、三人をやわらかく照らしていた。

しとしとと、涙雨の音が聞こえる。

悲しげなそれに混じって、ひそひそと漏れ聞こえてくる大人たちの声に、尚人はああ、と諦めに似た思いを抱いた。

——ああ、いつもの夢だ、と。

『どうするのよ、あんな小さな子。うちじゃ引き取れないわよ』

『まだまだこれから金がかかるじゃないか……。遺産どころか、借金しかないしな』

繰り返されるこの夢を、自分はあと何回見るのだろう。

（前は夢の最後に必ず、百合子先生に会えたけど……、最近は出てきてくれないし……）

苦しいばかりになりつつあるこの夢が始まったら、目が覚めるまでずっと耐えなければならない。

朝が来るまで、ずっと——。

——と、その時だった。

「尚人……、尚人、大丈夫か？」

「ん……」

誰かにそっと揺り起こされて、尚人は重い瞼を無理矢理開けた。

けれど、まだ意識がはっきりと覚醒《かくせい》しない。

ただ、目の前に、心配そうに眉を寄せた誰かがいるのが、分かって——。

「ぁ……、百合子、先生……？」

夢と現実が混濁したまま、尚人はほっと笑みを浮かべた。

大丈夫、百合子先生は、――この人は、自分のことを愛してくれる。

そう思った途端、たとえようもないくらいの安堵感《あんどかん》に、ほろっと涙が零れてしまう。

「やっと、会えた……」

「……っ、おい……」

する、と腕を伸ばして抱きつくと、相手が身じろぐ気配がする。

「ゃ……」

離れていこうとする気配がたまらなく寂しくて、一層ぎゅっと抱きつく。

（いい、匂《にお》い……）

かすかに紅茶のような余韻のある、澄んだシトラスの香りがする。

上品で清浄な香りが、頬に触れるサラサラとなめらかな長い髪の感触が、この上なく心地よくて――。

「……驚いた。そなたにこのように子供っぽい面があるとは……」

仕方ないな、と呟いた相手が、長い腕で尚人を抱きしめ返してくれる。

「怖い夢でも見たか？」

「ん……」

優しい問いかけに、とろとろとした意識のまま小さく頷き、尚人は掠れた声でねだった。

「そばに、いて……」

あなただけは、自分の味方でいてほしい。

ずっと一緒に、いてほしい。

「……ああ。もう大丈夫だ、尚人。……そばにいる」

甘く低い声に安心しかけて、尚人はふと、小さな違和感を感じた。

しっかりと自分を抱きすくめる腕は力強く、女性のやわらかなそれとはなんだか違う。

今の声も、百合子先生の声ではない。

それどころか、女性の声ですらない――。

「え……？　あれ……？」

「……起きたか」

パチ、と瞼を開けた途端、目の前に現れた美丈夫に、尚人は思わず息を呑んだ。

艶やかな金髪、宝石のように澄んだ翠の瞳に、ほのかに香る、清浄なシトラスの香り――。

ルシウスだ、と認識した途端、尚人の心臓がドッと跳ね上がる。

「な……、なん……っ、なんで……！」

あまりに驚きすぎて言葉が出てこず、口をぱくぱくさせる尚人に、ルシウスが憮然《ぶぜん》と告げる。

「何故と言われてもな。うなされていたから起こしたのだ。……大丈夫か？」

最後の一言だけは、そっと気遣うように聞かれて、尚人はどうにかこうにか頷いた。

「は……、はい、大丈夫です。……すみません、ありがとうございました」

どうやら自分は居間のソファで眠り込んでいたらしい。外ではまた雨が降ってきたらしく、間続きになっているバルコニーにしとしとと当たる水音が響いていた。晴れ間の内に迷い込んできたのだろうか、居間の空間には星の花が幾つかふわりと浮かんでいて、ほの明るい。

そうだ、確か礼音を見つけて三人で館まで帰ってきた後、入浴したら眠くなってきて、ここで休んでいたのだった、と順番に記憶がよみがえってきて、尚人は慌ててルシウスから身を離した。

「ごめんなさい、僕、寝ぼけて……」

見ればルシウスも、自分と同じように寝間着姿をしている。いつも王様然とした豪奢な衣装を身につけている彼の、そんなくつろいだ姿を見るのは初めてだった。

謝る尚人に、ルシウスが頭を振る。

「……いや。ユリコの名を呼んでいたな」

「は……、はい。百合子先生が起こしてくれたような、そんな気がして……」

そんなわけはないのに、と小さく微笑む尚人に、そうか、とルシウスが静かに頷く。

そのまま尚人の隣に腰かけたルシウスは、サイドテーブルに置かれたカラフェから、黄金色の飲み物を小さなグラスに注ぎ始めた。二つの内一つを差し出され、尚人は首を傾げる。

「これは……？」

「蜂蜜《はちみつ》酒だ。少しつき合え」

自分のグラスを掲げたルシウスが、尚人のそれに軽くぶつけて涼やかな音を奏でる。くっと呷《あお》ったルシウスを見て、尚人も口をつけてみる。

「ん……、甘くて美味しい……」

とろりとしたそれは、蜂蜜の他になにかハーブが入っているのだろう。飲みやすいが度数は高そうで、あまり酒に強くない尚人は少量ずつ口に含み、広がる香りを楽しんだ。

ほっと肩から力を抜いた尚人を見て、ルシウスがおもむろに切り出す。

「……今日は、礼音が迷惑をかけた。尚人のおかげで無事に見つけることができた。……ありがとう」

「いえ、そんな……。……あの、名前……？」

ナチュラルに下の名前を呼ばれていることに戸惑って、尚人は首を傾げる。だが、ルシウスはサラリと長い髪を揺らすと、尚人と同じように首を傾げた。

「違っていたか？」

「違わない、です……、けど……」

今まで、ルシウスからはそなたとか、お前としか呼ばれていなかった。どうしていきなり、とそう思った尚人だが、ルシウスはさらりと言う。

「リアムも礼音も、尚人先生と呼んでいるのだ。私も尚人と呼びたい。……駄目か？」

長い睫越しに、エメラルドのような瞳でじっと見つめられると、落ち着かない気持ちになる。尚人はどぎまぎしながら頷いた。

「そ……、それはご自由に、……どうぞ」

「ああ、ではそう呼ばせてもらう」

「……っ」

ふわ、と間近で微笑まれて、尚人はパッと顔を逸らしてしまった。

（な……、なんだろう、なんだかルシウスさん、いつもと違う……）

今夜のルシウスは、なんだか今までよりずっと、距離が近い気がする。

物理的にもだが、それよりなにより、ルシウスから今まで感じられた、どこか他人を寄せつけない空気が、すっかり消えてしまっている。

まるでずっと懐かなかった猫に、急に心を許された時みたいだけれど、その猫はエルフの王様なのだ。とんでもない美丈夫なだけに、妙に心臓がドキドキする——。

「……折り紙の、ことだが」

「え？」

早鐘を打つ鼓動をなだめようとしていた尚人に、手の中の空のグラスを見つめながら、ルシウスが問いかけてくる。

「その……、折り紙のことを礼音に話したのは、尚人か?」

「あ……、ご、ごめんなさい。内緒でした……、よね?」

特に秘密にしておいてくれと頼まれたわけではなかったが、ルシウスは秘密で練習して礼音を驚かせようと思っていたことだろう。

謝った尚人だが、ルシウスはいや、と曖昧《あいまい》に頭を振った。

「それはよいが……、さっき礼音を寝かしつけようとしたら、見せてくれとせがまれた。仕方なく見せたら、欲しいとねだられてな」

やわらかく細められたその目元に、長い睫が薄く影を作る。

ふわふわと漂ってきた星の花を、ルシウスは空のグラスに引き寄せた。美しい細工がほのかな明かりに照らされ、浮かび上がる。

「まだ練習中のものなのだ、飛ばぬからと言っても、それがいいからちょうだい、と……」

困ったものだと言いつつも、その横顔は穏やかで、とても嬉しそうだった。

(……よかった)

きっとあの紙飛行機は、礼音の宝物になるだろう。

「明日は礼音が、私によく飛ぶ紙飛行機の折り方を教えてくれるそうだ。ぼくは先生より『すぱるた』だからね、と笑っていたのだが……、『すぱるた』とはなんだ、尚人?」

「それは……、厳しく教えますってことです」

苦笑しながら意味を教えてあげると、そうか、とルシウスが微笑む。

「……礼音には、元の世界に戻すわけにはいかないことを説明した。残念そうではあったが、礼音も納得してくれた」

「……そうですか」

「それもこれも、尚人のおかげだ。……ありがとう」

重ねてお礼を言われて、尚人は居住まいを正してルシウスの方を向いた。

「僕はなにも……、むしろ僕は、あなたに謝らないといけないと思っていたんです」

改まった尚人に、ルシウスが空のグラスをテーブルに戻す。

「謝る？　なにをだ？」

「……僕は、少し前まであなたのことを誤解していました」

じっとルシウスを見つめて、尚人は切り出した。

「園の行事にも顔を出さない、送り迎えも部下だというリアムさんに任せっきりで、礼音くんに聞いてみても、お父さんは怖い人だって答える。……一体どんなひどい父親なんだろうと思っていました」

尚人の言葉に、ルシウスが静かに頷く。

「それは……、仕方がない。実際、私は養父としてあの子になにもしてやっていなかったのだから……」

「……いいえ」

ルシウスを遮って、尚人は強く頭を振る。

「あなたは、礼音くんを守るために、あちらの世界に送り込んだ。たとえ自分が礼音くんに簡単に会えなくなったとしても、礼音くんが他のエルフの子たちにいじめられないようにと思って。……それは、礼音くんのためを思ってのことでしょう？　本当は……、本当はルシウスさんも、礼音くんのそばにいてあげたかったのでは？」

なにもしなかったのではない。ルシウスは最大限、してあげられることをしていたのだと、そう指摘した尚人に、ルシウスは苦笑を浮かべた。

「……『尚人先生』にはかなわぬな」

その通りだ、と頷くルシウスに、尚人はしゅんと肩を落とす。

「やっぱり……。僕はそんなこととも知らずに、誤解して……」

「……だが、それも仕方がないことだ。すべての事情を明かすわけにはいかなかったのはこちらの都合なのだから、尚人に咎《とが》はない」

私は気にしていない、とそう言ってくれるルシウスだが、尚人は唇を噛んで俯き、首を横に振った。その言葉に甘えるわけにはいかないと、そう思った。

「……すべての事情を知ることができないのは、他のご家庭のお子さんも同じです。僕たち幼稚園教諭は、ご家庭ごとに事情があることを踏まえて、園児に接しないといけない。でも僕は、どうしても礼音くんのことが他人事《ひとごと》に思えなくて、なにか事情があるんだろうなって察することもできなかった」

顔を上げて、尚人は躊躇いがちに口を開いた。

このことを打ち明けるのは怖くて――、声が、震えた。

「……僕は、今の礼音くんより少し年上の頃、両親を亡くしているんです。親戚は誰も僕を引き取りたがらなくて……、……さっきも、その夢を見ていました」

自分が誰かから嫌われている、ということを口に出すのは、とてもつらいことだ。

自分の価値を貶めるような気がするし、なにより言葉にしてしまうことで、それが覆らない事実であるかのように思えてしまう。

だから尚人は、転校などで教師に知られてしまうのは仕方がないとしても、これまで誰にも、自分からそのことを打ち明けたことがなかった。

友達にも、恋人にも、言えなかった。

自分が誰からも必要とされない子供だったのだと、それを、口にできなくて。

「あの頃、唯一僕のことを受けとめてくれたのが、百合子先生でした。でも、百合子先生は突然、姿を消してしまった」

両親を亡くした時は、百合子先生がいてくれた。

けれど、その百合子先生がいなくなって、尚人はまた、一人になった。

「今はそんなことはないって理解しているけれど、……でも、子供の頃、僕はもう誰からも愛されないいんじゃないかって、そう思っていました。……だから、礼音くんのことを余計、他人事に思えなかった」

ルシウスはじっと尚人を見つめ返しながら、黙って話を聞いてくれていた。

その眼差《まなざ》しは、そんなはずはないのに、記憶の中の百合子先生のものとよく似ている気がして――。

「僕は、個人的な事情から、あなたのことを勝手に悪者扱いしてしまっていたんです。幼稚園教諭として、あるまじきことでした。……すみませんでした」

憧れの人と同じ職業に就き、彼女のように分け隔てなく園児たちを慈しむ先生になりたいと思っていたのに、結局自分のコンプレックスに囚《とら》われてしまっていた。

そのことに気づけたのは、ルシウスのおかげだ。

「……ルシウスさんが礼音くんを引き取ってくれて、本当によかった」

「尚人……」

「ルシウスさんなら、礼音くんを本当の息子のように大事にしてくれる。僕を厄介者扱いしていた親戚たちとは違うから……、だから、……よかった」

長々と自分語りをしてしまったことが少し恥ずかしくなって、尚人は残りの蜂蜜酒を飲み干すと、立ち上がろうとする。

「ごちそうさまでした。僕、もう部屋に……」

だが、ルシウスは――。

「……待ちなさい。私はやはり、君に礼を言わなければならないようだ」

空のグラスを受け取ってテーブルに戻すと、そう言って尚人の手を引いて再度座らせる。

尚人は戸惑って、ルシウスに首を傾げた。

「お礼って、あの……、僕の話、聞いていましたか？　僕はごめんなさいって……」

「ああ、聞いていた。……まったく、そのようなこと、黙っていれば分からないのに、律儀というか、真面目《まじめ》というか……」

ふう、と苦笑混じりに一つため息をついて、ルシウスが改まって言う。

「だが、そんな尚人が礼音を気にかけてくれていたからこそ、礼音は人間の幼稚園に馴染《なじ》めたのだと分かった。……初めの頃、礼音はあちらの幼稚園でも他の子供とうまくいかなかったのだろう？　それをとりなしてくれたのは『尚人先生』だと、リアムから聞いた」

「それは……、僕は、ユリ組の担任として、当たり前のことをしただけです」

「だが、先日こちらの幼稚園でも、礼音が他のエルフの子たちとうまくやれるように『魔法』を使っただろう？」

ルシウスの言う魔法とはおそらく、折り紙のことなのだろう。

「あれは……」

魔法じゃない、と言いかけた尚人に頭を振って、ルシウスが続ける。

「今日も、尚人は共に礼音を探してくれたばかりか、私たちの仲を取り持ってくれた。君の『魔法』がなければ、今頃私は息子とどう接していいかはかりかねていただろう」

言葉を区切ると、ルシウスは穏やかに微笑んだ。

「あの『魔法』は、尚人にしか使えないものだ。私こそ、君が礼音の担任でよかったと、心から思っている。……ありがとう、尚人」

そのやわらかな微笑みは、今まで見たこともないくらい優しく、温かくて——。

「……っ」

そんな笑みを向けられているということが、どうしてだか気恥ずかしくなってしまって、尚人は視線を泳がせてしまった。

(この人……、やっぱり笑う時は、こんなに優しい顔をするんだ……)

最初からこんなふうに全開で礼音に接していれば、もっと早く礼音もルシウスのことをお父さんと呼んだのではないだろうか。

「……僕がなにかしなくても、きっと礼音くんはあなたに心を開いたと思います」

どぎまぎしながらもそう告げた尚人に、いや、とルシウスが頭を振る。

「尚人がいなければ、私はまだ、弟夫婦に代わって礼音を立派に育てなければと気負いすぎて、空回っていただろう。厳しく接するばかりが愛情ではないと、それを教えてくれたのは尚人だ」

「ぼ、くは……」

なにも、と尚人が小さく呟きかけた、その時だった。

キイ、と扉が軋《きし》み、その影から寝間着姿の礼音が顔を出す。

「……お父さん、いる……?」

「礼音? どうしたのだ?」

「ん……、あの……、おしっこ……、ろうか暗くて、こわくて……」

立ち上がったルシウスが、そうか、と破顔してそちらに歩み寄る。おそらくこうして夜中に頼られるのは初めてなのだろう。

嬉しそうな後ろ姿にほっとした尚人だったが、ルシウスは礼音を抱き上げると、そうだと呟いて、くるりとこちらを振り返った。

「……尚人、私ももう、君のことを他人事とは思えない。もしさっきの夢で寝つけないようだったら、三人で一緒に寝るか?」

「え……っ、いえっ、だ、大丈夫です」

とんでもないと、慌てて尚人は頭を振る。そうか? と首を傾げて、ルシウスはにっこりと笑みを浮かべた。

「また悪い夢を見たなら、遠慮せず私の部屋に来なさい。寝つくまで、いくらでも枕《まくら》代わ

りになってあげよう」

（枕代わりって……）

一瞬、ルシウスの腕枕で眠る自分を想像してしまった尚人は、真っ赤になってしまった。

「だ……、大丈夫です。お気持ちだけ、ありがたくいただいておきます……」

どうにかそう返した尚人に、ルシウスがそうかと頷き、礼音と一緒に部屋を出ていく。

熱くなった顔をぱたぱたと手で扇《あお》いで、尚人は呻いた。

「こ……、これは、蜂蜜酒のせいだから……」

急に酔いが回ったのだ、とそう自分に言い聞かせる。

きっと自分が弱っているところを見せてしまったから、ルシウスも心配してくれたのだろうが、寝ぼけていたあの時はともかく、尚人はもういい大人なのだ。

いつも子供たちを寝かしつけている自分が、ルシウスに子供のように寝かしつけてもらうだなんて、恥ずかしすぎる。

（でも……、他人事とは思えないって、言ってくれた）

ルシウスの言葉を思い返すと、胸の奥が蜂蜜酒のせいばかりではないものでほわ、と温かくなる。

きっと今夜は、あの夢の続きは見ないで済むだろう。

ふわふわと宙を漂う星の花が、くすぐったそうに微笑む尚人を照らし出していた。

「いただきます！」

「いただきます。はい、礼音《れお》くん。これでお手て、拭いてね」

晴れ渡った空の下、森の木陰に広げたシートの上に座った尚人《なおと》は、バスケットの中からおしぼりを取り出して礼音に渡す。はーい、とおしぼりで手を拭いた礼音は、広げられたバスケットの中を覗《のぞ》き込んできらきらと目を輝かせた。

「すごーい……！　これぜんぶ、先生がつくったの？」

バスケットの中には、色とりどりのサンドウィッチが並んでいる。どれも尚人が今朝早く、館《やかた》の厨房《ちゅうぼう》を借りて作った力作だ。

「うん、そうだよ。……あ、でもこっちのフルーツはルシウスさんが切ったんだよ」

「お父さんが……!?」

目を丸くした礼音に、尚人は苦笑した。

添えられたフルーツは、切り口がギザギザしていたり、不揃《ふぞろ》いだったりするが、ルシウスは齢《よわい》三百歳を越える今まで料理はおろか、果物ナイフも持ったことがなかったらしいのだから、そこは勘弁してあげてほしい。

（ルシウスさん、すごく真剣だったな……）

サンドウィッチを作る尚人の隣で、礼音に食べさせるのだと意気込んで、四苦八苦しながらイチゴをハート形に切ろうとしていたルシウスを思い出すと、どうしても口元がゆるんでしまう。こう切ってみたらどうでしょう、と尚人が助け船を出し、ルシウスがどうにかこうにか切ったイチゴは、ハート形と言うにはいささか芸術的すぎる形だったが、礼音にはちゃんとルシウスの思いが伝わったようだ。

「お父さんがつくってくれたお料理、ぼく、はじめて食べる……」

果たしてこれを料理と呼んでいいかは別として、ルシウスが自分のために作ってくれたというのが、礼音にとっては嬉《うれ》しくてたまらないらしい。尚人はそっと微笑《ほほえ》んで、じっとフルーツを見つめる礼音に声をかけた。

「せっかくだから、デザートは最後にいただこうか」

「うん……！　でも……、お父さんも来れたらよかったのに」

しゅん、と肩を落とした礼音に、そうだねと頷《うなず》き、尚人は気を取り直させようと明るい声で促した。

「さーて、なにから食べようかなー。礼音くんが食べないなら、先生が全部食べちゃうよー？」

「え……っ、だめ！　卵サンドはぼくが食べるの！」

慌てた礼音が、ふわふわのスクランブルエッグを挟んである卵サンドに手を伸ばす。おいしい、と顔をほころばせた礼音に、尚人も微笑んで頷いた。

尚人がエルフの世界に来て、早いものでもうすぐ二週間になろうとしている。

お天気にも恵まれたこの日、尚人たちは郊外の森へピクニックに出かけていた。幼稚園に通う園児たちと、その保護者たちも一緒で、辺り一帯ではそこかしこでシートを広げ、昼食をとっている。

保護者同伴のピクニックがあるのだ、とルシウスに切り出されたのは、礼音が行方《ゆくえ》不明になった日の数日後のことだった。

私は政務が立て込んでいてとても行けそうにない。リアムに頼もうと思っていたが、もし君が引き受けてくれるのならお願いできないだろうか、とそう言うルシウスに、尚人は二つ返事で引き受けた。

(でも、礼音くん最後までルシウスさんに来てほしそうにしてたな……)

サンドウィッチを平らげた礼音が、ルシウスの切ったフルーツを頬張《ほおば》る。嬉しそうに笑う礼音は今でこそご機嫌だが、朝、館を出発する時にはだいぶ渋っていた。

『お父さん、どうしても来れない……?』

『……すまぬ。代わりに尚人が一緒に行ってくれるから、な? 次の機会には必ず私が参加するから、聞き分けてくれ、礼音』

『ぼく……、尚人先生とお父さんと、三人でいっしょにピクニック行きたかった……』

尚人が次の満月で人間の世界に帰ってしまうということを理解しているからだろう。礼音はぐすぐすと涙ぐんでいて、なだめるのが大変だった。迎えに来たエドガーが強引に礼音の手を引いて連れ出してくれなければ、礼音はピクニックに行かないと言い出していたかもしれない。

（礼音くんがあんなに寂しそうにするの、初めてだ）

今まで、ひまわり幼稚園での行事や、毎日の送り迎えの際、礼音はルシウスがいないことを特に気にした様子はなかった。リアムがいるから、とそう言う礼音は年齢よりもずっと大人びて見えて、尚人はその度にひそかにやるせない思いを抱《いだ》いていたのだ。

けれど今、こうして礼音が寂しがるのは、礼音がルシウスのことを父親として受け入れ始めたからこその感情だろう。甘えられる存在ができたからこそ、寂しいと思えるようになったのだ。それは礼音にとっても、そしてルシウスにとっても、とてもいいことだと、尚人には思えた。

（ルシウスさんも、すごく来たそうだったし……）

本当は私が行きたいのだが、と心底残念そうにしていたルシウスが、自分に保護者代理を頼んでくれたことも嬉しかった。

あの日以来、尚人はルシウスと礼音と、三人で過ごす時間が増えていた。礼音が先生とお父さんと一緒にいたい、とねだるようになったからだ。

毎朝毎晩食事も一緒にとるようになったし、礼音が幼稚園から帰ってくると、三人で中庭を散歩する。時にはリアムが夕食ですと呼びに来るまで、三人で夢中になって鬼ごっこや隠れんぼをした。礼音が鬼役になった隠れんぼでは、ルシウスが尚人と一緒の場所に隠れようとしてすぐ見つかったり、三人でした手遊びではルシウスがあまりに不器用すぎて礼音に怒られたりと、尚人はその度に笑いを堪《こら》えるのが大変だった。

夜はベッドに入った礼音にせがまれ、その隣に寝転んで、ルシウスのお話を一緒に聞いた。ルシウスはエルフ族に伝わる昔話をいくつも知っていて、緩急をつけた語り口は尚人が感心してしまうほど上手《うま》かった。礼音は目をきらきらさせて夢中で聞き入っていて、興奮しすぎて眠れなくなることもしばしばだった。

それでもなんとか礼音が寝つくと、そのまま二人で居間に移動し、あの夜のようにソファで一緒に蜂蜜酒を傾ける。ルシウスは開き直ったのか、尚人になにかと礼音のことを相談してくれるようになっていた。

——本当は両親を恋しがっているだろうに、礼音はなにも言わない。本人が口にするまでそっとしておいた方がいいのだろうか。

——礼音が幼稚園での出来事を話してくれるのに、自分は相槌《あいづち》を打つことしかできない。こういう時はどんな言葉をかければいいのだろうか。

——ひまわり幼稚園で、男の友達と婚約したと言われた。エルフは同性愛にも寛容だが、人間はどうなのだ。礼音の婚約者だというその子は、いったいどんな子なのだ——。

真剣な悩みから、思わず笑ってしまうような心配事まで、ルシウスは様々なことを尚人に打ち明けてくれた。尚人はルシウスと一緒に悩み、アドバイスできそうなところはそっと助言したりして、礼音のことをたくさん話した。

時にはルシウスに聞かれて、尚人自身のことを話すこともあった。自分の家族がほしいと焦るあまり、恋人と長く続かないと打ち明けた尚人に、ルシウスは焦らなくても大丈夫だと言ってくれた。

『尚人はこんなにも愛情深く、相手のことを思いやれるのだ。いつかきっと、本当に愛する相手と幸せな家庭を築ける』

だが、その言葉で、尚人は気づいてしまった。

自分は今までの恋人たちと、きちんと向き合っていただろうか。

どれくらい付き合ったら結婚の話題を出してもいいのだろうか、なんてそんなことを思っていた自分は、ちゃんと相手自身のことを愛していたのだろうか。

一番のコンプレックスである、誰《だれ》からも必要とされていなかった自分をさらけ出すこともできずに、そのコンプレックスを結婚で埋めようとしていただけではないのだろうか。

本当は自分の性急さが原因ではなく、ただただ家族がほしいという身勝手さが透けてみえていたから、恋人たちは離れていったのではないのだろうか——。

『二十六にもなって、やっと気づきました。僕は、今まで彼女たちになんてひどいことをしていたんだろう……』

今までちゃんと向き合ってこなかった恋人たちに対する罪悪感を打ち明けた尚人に、ルシウスは気づけないよりずっといい、と微笑んでくれた。

『私とて、自分の過ちを認め、弱いところを晒《さら》すことができる相手ができたのは、つい最近だ。……三百年かけて、ようやくそのような相手に巡り会えた。だが、尚人は私よりもずっと若い。まだこれから、いくらでも出会いがある』

そう言って微笑んでいたルシウスの美しい横顔は、星の花のやわらかな明かりに照らされ、まるで夢のように綺麗《きれい》で——。

「——……生、尚人先生！」

自分を呼ぶ礼音の声に、尚人はハッと我に返った。気づけば、食事を終えた礼音が、尚人の顔を覗き込んでいる。

「エドガーが、いっしょに木のぼりしようって。ねえ、行ってもいい？」

「いいだろ！　あっちにおっきい木があるから、礼音に木のぼりおしえてやるんだ！」

エドガーが、近くにある大木を指し示す。あの木なら、ここからそう離れてもいないし、遠目に見ても枝がしっかりしていそうだから大丈夫だろう。

「うん、いいよ。でもあの木の周りまでしか行っちゃだめだよ。あとちょっとしたら出発だエドガーの手を引いて駆け出す。

「いこ！　エドガー！」

大木へと駆けていく二人を見送って、尚人はバスケットを片づけ始めた。

高い空は雲ひとつなく、木々の間を抜ける風は涼やかで気持ちがいい。

一面に咲いている見たことのない花々は、こちらの世界特有の種類なのだろう。

時折聞こえてくる鳥の鳴《な》き声も聞いたことのないもので、鈴のようなその声に尚人は目を閉じて耳を澄ませた。

(初めは、なんてことに巻き込まれたんだろうと思ってたけど……)

気がつけば、もう二週間が経《た》とうとしている。

新月を過ぎ、上弦へと切り替わった月は、もう半月から少し膨らんできている。満月になるのも、あともう数日のことだ。

この二週間で、ずっと気にかかっていた百合子先生のことを知ることもでき、たくさんのエルフと知り合えた。見たこともないもの、聞いたこともないものをいくつも知った。

(……でも、忘れちゃうのか、全部……)

自分がいなくなっても、礼音とルシウスはもう大丈夫だろう。

けれど、自分は彼らとの出会いを忘れてしまうのだと思うと、なんだかとても――、惜しい。彼らを残して去らなければならないと思うと、胸が塞《ふさ》がれたように苦しくなる。

（ルシウスさんとも、せっかく仲良くなれたのにな……）

彼と晩酌しながら談笑できるのも、あと数回だ。

こんなに自分のことを打ち明けた相手は初めてで、彼の助言のおかげで気づけたことがたくさんあるのに、それらも全部忘れてしまうのかと思うと、不安になる。

全部忘れても、自分はまた、これまでの過ちに気づけるだろうか。

自分のコンプレックスを埋めるために結婚を急ぐ過ちを、また繰り返したりしないだろうか。

頭では分かっていても、幼い頃に植えつけられたコンプレックスは、根強く尚人の中に残っている。

本当に、自分は心から愛し合える誰かと出会えるのだろうか――。

（ルシウスさんみたいな人と巡り会えたらいいんだろうけど……）

そこまで考えかけて、尚人は気恥ずかしさに頬を赤らめた。

これではまるで、ルシウスに恋をしているみたいだ。

（なに考えてるんだろう、僕。ルシウスさんは男で……、エルフなのに）

頭《かぶり》を振って、尚人は気を取り直した。

「……と、そろそろ二人を呼んでおこうかな」

そろそろ出発の時間が近づいてきているはずだ。尚人は立ち上がってシートを畳むと、先ほどエドガーが指し示した大木を振り返った。

　──だが。

「あれ……？」

　そこに二人の姿はない。

（もしかして、木登りに夢中になって、上の方まで登って降りられなくなってる……？）

　尚人は慌てて大木に駆け寄ると、上を見上げた。

　けれど──。

「いない……。っ、礼音くん……！　エドガーくん……⁉」

　いくら目を凝らしても、サワサワと生い茂った枝葉が風に揺られるだけで、二人の姿はない。辺りを見回しながら呼びかけても、なんの反応もなかった。

「どこか、遠くまで行っちゃった……？」

　どうやら二人は、尚人が目を離した間に森の奥に行ってしまったらしい。

　焦る心を必死に抑えて、尚人はいったん広場に戻ると、エルフの先生に手短に事の次第を伝えた。

「あの……っ、すみません、実は礼音くんとエドガーくんが木登りをするって森に行ってから、戻っていないんです。様子を見に行ったんですが、見あたらなくて……！」

「え……⁉　それはどの辺りですか⁉」

血相を変えた彼女に、尚人は今見てきた大木を指し示した。

「あの木に登るって言ってたので、その辺りで遊ぶよう言っておいたんですが……。すみません、僕の責任です。探してきますので……！」

「分かりました。私も皆さんにお話ししてから探しに行きます」

頷いた彼女が、それから、と忠告してくる。

「この森の奥は、モンスターの生息地です。この辺り一帯は安全なはずですが、くれぐれもお気をつけて……！」

「……っ、はい」

再び大木の方へと駆け出しながら、尚人は唇をきつく嚙《か》んだ。

（モンスターって……、もし二人がそんな危険な目に遭ってたら……！）

不用意に森に遊びに行かせてしまったことを悔やみながら、懸命に二人に呼びかける。

「礼音くん！　エドガーくん！　どこにいるの……⁉」

けれど、薄暗い森の中は見通しがきかず、二人の姿はなかなか見つけられない。

尚人は辺りを見渡しつつ、森の奥へと進んでいった。

「二人とも、返事して！　礼音くん、エドガーくん……！」

森が深くなっていくにつれ、木々が鬱蒼《うっそう》と茂り出し、葉の揺れる音がザワザワと大きく、不気味になっていく。

陽《ひ》の光が届きにくくなってきたためか、辺りはどんどん暗くなってきて――。

(早く、見つけてあげなきゃ……！　きっと二人とも、心細い思いをしてる……！)

「礼音くん……！　エドガーくん……！」

尚人が声を振り絞って二人を呼んだ、その時だった。

――グァオォォッ！

「……っ！」

突然、奥から獣の咆哮《ほうこう》が響いてきたのだ。

怒りに満ちたその声に、尚人は弾《はじ》かれたように顔を上げ、咆哮が聞こえてきた方に向かって走り出した。ばくばくと、心臓が嫌な予感に激しく跳ね上がる。

(まさか……、まさか、二人が……！)

二人が危険な目に遭っているのではないかと、モンスターに襲われているのではないかと思ったら、いてもたってもいられなかった。自分がそのモンスターに見つかったらとか、そんなことは頭から吹き飛んでいて、ひたすらに走る。

群生する小さな白い花の花粉にむせながらも、生い茂る背の高い雑草を無我夢中でかき分けた尚人は――。

「っ、あ……！」

突如視界に飛び込んだ光景に、思わず息を呑《の》んだ。

木の根元にへたり込んだ礼音とエドガーの前に、巨大な熊に似たモンスターが立ちはだかっていたのだ。太い足で立ち上がったそのモンスターは、三メートルはあろうかという巨体で、全身が濃い焦げ茶色の獣毛に覆われている。

追いつめられた礼音とエドガーは、互いを守るように抱きしめあい、涙を浮かべていた。恐怖のあまり、魔法を使うことも思いつかないのだろう。青い顔で、声もなく震えるばかりの二人に、尚人は叫んだ。

「礼音くん！　エドガーくん！」

「せ……っ、せんせぇ……」

尚人に気づいた礼音が、大きくしゃくり上げる。

——と、その時。

低い唸《うな》り声を発していたモンスターが、礼音たちに向かって前足を振り上げる。

ひっと息を呑んだ二人を見て、尚人は咄嗟《とっさ》にその場に転がっていた石ころを掴《つか》み、モンスターめがけてそれを投げていた。

「やめろ……！」

ヒュッと風を切った石が、モンスターの顔に当たる。オォオッと咆哮を上げたモンスターは、鼻息を荒らげ、尚人の方に向き直った。

獣の鋭い眼光に一瞬ひるんだ尚人だったが、考えるより先に口が動いていた。

「逃げて、二人とも！」

「せんせ……」

「木に登るんだ！　早く！」

叫んだ尚人の言葉に、礼音が懸命に涙を堪え、震える足で立ち上がる。座り込んだままのエドガーを引っ張って、なんとか立たせようとする礼音をモンスターが振り返りそうな気配に、尚人は再度石ころを投げてこちらに注意を向けさせた。

グォォッと怒りの雄叫《おたけ》びを上げたモンスターが、ドンッと地に四つ足をつき、前足で地面を蹴《け》る。ドドドッとこちら目がけて走ってくるモンスターに、尚人は思わずその場にしゃがみ込み、ぎゅっと目を瞑《つむ》った。

（もう、駄目だ……！）

尚人が覚悟を決めた、その時――。

「…………………」

風に乗って、不思議な詠唱が聞こえてきた。

聞いたことのない言葉を囁《ささや》くように紡ぐその声は、低く、極上のベルベットのようになめらかで、威厳に満ちた美声で――。

「……っ！」

次の瞬間、尚人の背後から突風が吹き抜ける。

目前に迫っていたモンスターもこの突風に驚いたのだろう、クォオ、とたじろいだような声を上げる。

なにが起こったのか、と尚人はおそるおそる目を開け、思いがけない光景に驚いた。

「え……」

視界いっぱいに映っていたのは、恐ろしいモンスターではなく、真っ白な衣装だったのだ。裾《すそ》の長いその衣装の上を、豊かなプラチナブロンドがするりと、流れ落ちて——。

「ル、シウス、さん……？」

薄暗い森の中、突然現れたエルフの王は、光の粉を纏《まと》ったように輝いて見えた。

「……鎮まれ」

尚人の呼びかけには応《こた》えず、ルシウスは目の前に迫るモンスターに短くそう命じた。

「ここはお前の住まう場所ではないはず。我が都で、勝手は許さぬ……！」

厳格なその声に、モンスターがグォオッと再び怒りに満ちた咆哮を上げる。

思わずびくっと震えてしまった尚人だったが、ルシウスは動じるでもなく眉《まゆ》を寄せると、礼音たちのいる木の根元に視線をやる。

「そうか、あそこに……。……礼音、その木のうろから、子供を出してやりなさい」

「え……？」

ルシウスの言葉に、尚人はなんのことかと目を瞠《みは》る。しかし、礼音には心当たりがあったようで、ハッとしたように背後を振り返った。

「ご……、ごめんなさい。この子たち、ここでねてて……、かわいかったから、なでてただけなの……」

礼音が抱え上げたのは、真っ黒な小熊に似たモンスターだった。

「ごめ……っ、ごめんなさい……」

礼音に続いて、エドガーもべそべそと泣きながら、もう一匹を抱え上げる。

クゥ、と鼻を鳴らし、四肢をバタつかせた小熊たちは、地面に下ろされるなり、巨大な熊のモンスターに走り寄った。おそらく母親なのだろう、モンスターは小熊たちの匂《にお》いを嗅《か》ぎ、クォオ、と声を上げる。

「すまなかったな……」

モンスターに向かってスッと片手をかざしたルシウスが、再び不思議な言葉を呟《つぶや》き始める。これも魔法なのだろうが、先ほどよりもずっとやわらかな声音だった。

ほわ、とルシウスの手のひらがほんのり白く光った、と思った次の瞬間、モンスターの瞳《ひとみ》が穏やかな色に変わっていく。落ち着いた表情になったのを見て、ルシウスがそっと命じた。

「……住処《すみか》へ帰るがよい」

クォ、と一声鳴いたモンスターが、小熊たちと共に、のしのしと森の奥に帰っていく。木立の影にその姿が消えるなり、礼音たちが尚人の元に走り寄ってきた。

「尚人せんせ……！　ごめんなさい……っ！」

「あ……、ああ、うん。……大丈夫だった？」

モンスターに襲われかけた時に腰が抜け、地面に座り込んだまま呆気《あっけ》にとられていた尚人は、二人に抱きつかれて我に返る。

すっかり震え上がり、泣きじゃくりながら尚人にしがみついて、ごめんなさいと繰り返す二人をぎゅっと抱きしめ、尚人は微笑んだ。

「……怖かったね。もう、大丈夫だよ」

けれど、そう言う尚人もまだ指先が震えて、冷たくなってしまっている。

（でも、この子たちをどうにか安心させてあげなきゃ……）

大丈夫だよ、と繰り返し声をかけてあげる尚人に、ルシウスが歩み寄ってくる。尚人は二人の背中をぽんぽんと叩《たた》いてあげながら、ルシウスに微笑みかけた。

「ルシウスさん……、ありがとうございました。お仕事はもう……」

「……無理をするな」

けれどルシウスは、尚人の言葉を遮るなり、地面に膝《ひざ》を着き、尚人ごと二人を抱きしめてくる。間近にルシウスの端麗な顔を寄せられて、尚人は驚いてしまった。

「え……っ、あ、あの……」

「……少し黙っていなさい」

うろたえかけた尚人をたしなめ、ルシウスが先ほどモンスターをなだめた時と同じ魔法を詠唱し始める。

（お……、おち、落ち着かなきゃ……。ルシウスさんは、僕たちを落ち着かせようとしてくれているだけなんだから……）

だが、伏せられた金色の睫《まつげ》があまりに近くて、美しくて、魔法をかけられているはずの尚人の心臓はかえって跳ね上がってしまう。

その囁くようなやわらかな声の甘さが、ふわりと立ち上るシトラスの香りが、魔法よりもずっと強力に尚人を絡め取って。

（エルフは美形ばかりだって、なにかの映画にも出てきたけど……）

中でもこの人は特別なんじゃないだろうか。

だって、こんなに綺麗な人、見たことがない——……。

トクトクと、先ほどまでとは違うリズムで流れる鼓動を持て余し、頬を赤らめて俯《うつむ》いた尚人だったが、礼音とエドガーはじょじょに落ち着きを取り戻してきた様子だった。

「お父さん……」

「王様……、あの、オレ……」

真っ赤な目をした礼音と、すっかり泣きやみ、もじもじと決まり悪そうにするエドガーと

を優しく見つめ、ルシウスがほっとしたように言う。

「……無事でよかった。もう、大丈夫だな？」

くしゃくしゃと頭を撫《な》でられた二人が、はい、と頷いて離れていく。尚人は赤くなってしまった自分を誤魔化そうと、笑みを浮かべた。

「よ……、よかったです、本当に。二人が無事で……」

「……馬鹿《ばか》」

ため息をついたルシウスが、尚人の頭をぐいと抱き寄せる。厚い胸元に顔が埋まってしまって、尚人はたじろいだ。

「ル、ルシウス、さん……？」

「君もだ。……無事で、よかった」

先ほどよりもっと近づいた距離に、尚人は急速に頬が熱くなるのを感じて戸惑った。ドキドキと、鼓膜に響く自分の鼓動がうるさいくらいで、ルシウスに聞こえているのではと思うと恥ずかしくてたまらない。

「あ、の……、ルシウスさん……っ」

「……政務を早めに切り上げてきて、本当によかった。こんなことになっているとは……」

「あの、もう大丈夫ですから、離してもらえませんか……？」

「君が大丈夫でも、私がまだ大丈夫ではないのだ」

いいからじっとしていろ、と言い渡して、ルシウスが尚人の頭に顎《あご》を乗せる。ふう、と心底安堵《あんど》したように深く息をついたルシウスが、低い声で呟いた。

「君になにかあったら、どうしようかと……」

「ル、シウス、さん……」

「本当に……、無事でいてくれて、よかった」

そんなにも心配してくれたのかと思うと、申し訳なさと同時に嬉しさが込み上げてくる。

(僕のことをこんなに心配してくれたの、百合子《ゆりこ》先生以来だ……)

抱きしめられた腕の強さに、声音の優しさに、この人は自分を大事に思ってくれているのだと、礼音と同じように大切に思ってくれているのだと思い知らされるようで、胸の奥がじんと熱くなる。

頬も、首筋も、熱くて、熱くて——……。

「あ……、れ……?」

その熱さが、気恥ずかしさからくる火照《ほて》りばかりではないことに気づいて、尚人は首を傾《かし》げた。

(ルシウスさんに抱きしめられてるせい、だけじゃない……?)

なんだろう、と思っているうちに、頬だけでなく、全身が熱く感じられ始める。

体の内側が、まるで火に炙《あぶ》られたように熱く、熱く疼《うず》いて——……。

「……尚人？」

は、と短く熱い吐息を零《こぼ》した尚人に気づいたルシウスが、尚人の両肩を摑んで身を離す。

「どうした？　具合でも……」

「わ……、分からない、です……。でも、なんだか……、熱い……」

熱に浮かされたように目を潤《うる》ませ、切れ切れにそう訴えた尚人は、零れ落ちたルシウスの長い髪が頰をかすめる感触に声をつまらせた。

「ん……！」

「尚人……？　一体どうし……」

言葉の途中でなにか思いついたように、ルシウスが顔を上げ、辺りを見渡す。

「まさか……」

尚人がかき分けて出てきた茂みの方を見やったルシウスは、そこに小さな白い花を見つけるなり、血相を変えた。

「……っ、尚人、答えなさい！　あの花を食べたのか⁉　誤って口にしたのか⁉」

慌てた様子で聞かれて、尚人はぼんやりと首をそちらに巡らせる。

確か、ここにくる途中、なにかの花の花粉にむせた気がする……。

「たぶん……、花粉、を……」

「吸い込んだのか⁉」

こくりと頷き、はあ、と熱っぽい吐息をついた尚人に、ルシウスが呻《うめ》く。

「なんという……」

ルシウスの慌てた様子に、礼音が不安そうに首を傾げる。

「お父さん、尚人先生、どうしたの……？」

「礼音……、いや、なんでもないのだ。……リアム！　リアム、ここだ！」

辺りに響き渡るような大声でリアムを呼んだルシウスが、不意にあの不思議な言葉で、また新たな詠唱を唱え始める。

ガサガサと茂みをかき分けてリアムが転がり出てくるのと、ルシウスが詠唱を終えるのとは、ほとんど同時だった。

「ルシウス様、どちらに……、礼音様……っ！　よかった、ご無事でしたか……！」

礼音とエドガーを見て、ほっとしたような表情を浮かべるリアムに、ルシウスが告げる。

「……リアム、私は尚人を連れて、先に館に戻る。礼音たちを頼む」

手短にそれだけ言い置いたルシウスが、やおら尚人を横抱きに抱え上げる。

突然抱き上げられた尚人は驚いて、大声を上げてしまった。

「な……っ!?　なんですか、いきなり……っ！　う……！」

けれど、叫んだ途端にくらくらと目眩《めまい》に襲われ、呻いてしまう。一気に熱が上がったようで、尚人は否応《いやおう》なしにルシウスに身を預ける羽目に陥った。

（なんだか……、頭が、ぼうっとする……）

思考が鈍っていくのが自分でも分かって、なんとか抗《あらが》おうとするのに、もう指一本動かすのも億劫《おっくう》でたまらない。

すっかりぐったりしてしまった尚人に、ルシウスが痛ましそうに眉を寄せた。

「……いいから、君はこのまま少し、静かにしていなさい」

そう言ったルシウスに、リアムが驚きつつ聞いてくる。

「あの、ルシウス様、尚人先生はどうされたのですか？　それに、先にとは……」

しかし、リアムが質問を終えるより早く、空に巨大な影が飛来する。ぼうっとしたままの尚人の耳にも、バサッバサッと大きな風切音が届いた。

「あれは……！」

リアムたちが天を見上げて息を呑む気配に、尚人もうまく動かない首を巡らせる。

そこに、いたのは――。

「な……、に……？」

――そこにいたのは、巨大なドラゴン、だったのだ。

その全身は落ち着いた暗緑色の鱗《うろこ》に覆われ、広げた翼はコウモリのそれによく似た形をしている。四肢に生えた鋭い鉤爪《かぎづめ》は人間の腕ほどはあろうかという太さで、首は長く、頭には左右に二本の角が生えていた。瞳孔《どうこう》の細い瞳は金色で、大きな口からはいくつもの牙《きば》が覗いている。

力強く翼を羽ばたかせたドラゴンは、その巨体を揺らし、ドォッとその場に舞い降りた。

尚人を抱いたまま、ルシウスが早足でドラゴンに歩み寄る。

「すまぬ、緊急事態だ。力を貸してくれ」

ルシウスをじっと見つめたドラゴンが、グルル、と低い唸り声を上げる。ああ、と一つ頷いたルシウスは、体を傾けたドラゴンの背に尚人を乗せると、呆気《あっけ》にとられているリアムたちを振り返って再度告げた。

「先に戻る。後は任せたぞ、リアム」

「は……っ、はい……！」

ひらりとドラゴンに飛び乗ったルシウスが、尚人の背を支えるようにして自分に寄りかからせ、トン、と軽く叩いて合図する。

グルルルッと唸り声を上げたドラゴンが、その大きな翼を羽ばたかせ、空に舞い上がる。

遠くなる地面をぼうっと見つめたまま、際限なく熱くなっていく体をもてあまして、んん、と声をつまらせた尚人に、ルシウスが囁きかけてきた。

「しっかりしろ。すぐ、館に連れ帰って手当してやる」

「ん……、僕……、死ぬん、ですか……？」

「馬鹿を言うな……！」

「でも……」

ルシウスの慌てようは尋常ではない気がする、とぼんやりした頭でそう考え、潤んだ瞳で後ろを振り返った尚人に、ルシウスが頭を振る。

「……死にはしない。私がちゃんと、君を助ける」

だから前を向け、とそう言われて、尚人はうまく回らない頭でルシウスの言葉の意味を懸命に考えた後、こくりと頷いた。

「ルシウス、さんに……、お任せ、します……」

ふう、と体を力を抜き、背を預けた尚人に、背後のルシウスがため息混じりに呟く。

「……そのように、……ことを、言うな……」

バサ……ッと風を切るドラゴンの翼の音で、ルシウスの言葉がかき消され、高い空に吸い込まれていく。

(今……、なんて、言ったんだろう……)

それを問うことはできないまま、尚人はドラゴンの背に揺られ、くらくらと目眩のする視界をそっと閉じた——……。

二人を乗せたドラゴンが舞い降りたのは、ルシウスの館に併設された塔の天辺《てっぺん》だった。尚人をドラゴンの背から下ろしたルシウスが、巨大な友人に礼を言う。

「すまぬ、助かった。……礼はまた、改めて」

グルル……と唸ったドラゴンが、バサリと大きな翼を広げて飛び立つ。ルシウスは尚人を抱えたまま螺旋《らせん》階段を降り、執務室に入ると、壁に向かってなにやら小さく呪文《じゅもん》を唱えた。

と、見る間に壁が光り、壁の一部がうっすらと透明になる。透明になった壁の向こうには、こぢんまりとした別の部屋があった。

「ここは……？」

ぼんやりと目を開けて聞いた尚人に、ルシウスが答える。

「仮眠室だ。ここには私しか入れぬ」

壁を抜けたルシウスが、部屋の奥にある天蓋《てんがい》つきのベッドに尚人を横たえる。ふわりと背を包み込むシーツの感触に、尚人は思わず息をつまらせた。

「んん……！」

体の内側に渦巻く熱は、いつの間にか耐え難いほどになっていて、服が擦《こす》れる感触だけでぞわりと肌が甘くあわ立つ。足の間で自分のそれが反応しかけていることに気づいて、尚人は慌てて身を丸めた。

（なんで、いきなりこんな……？）

自分の体の反応に戸惑った尚人は、せめてもルシウスに気づかれないようにと唇を噛んで、漏《も》れそうになる喘《あえ》ぎ声を必死に堪えようとする。だが、ルシウスはそんな尚人を痛ましそうに見つめながら、そっと告げてきた。

「……恥じることはない。あの花は、そういう作用を持つ花なのだ」

「え……？　じゃ、じゃあ……」

驚く尚人に、ルシウスが頷く。

「ああ。尚人が吸い込んだ花粉には、催淫《さいいん》作用がある。今、体が熱いだろう？　それもその花粉のせいだ」

「そ、んな……」

とんでもないものを吸い込んでしまっていたのだと知り、尚人はうろたえてしまった。どうしよう、と惑う尚人に、ルシウスがすっと手をかざす。

「効くかは分からぬが……、治癒の魔法をかけておく。少しは楽になるだろう」

じっとしていろと言いおき、ルシウスが詠唱を始める。ふわ、と大きな手のひらにやわらかなオレンジ色の光が宿り、星屑《ほしくず》に似た光の粒子が尚人の体に雪のように舞い落ちた。すう、と溶けるように粒子が淡く光って消え、ややあってじょじょに燃えるような熱の疼きがやわらぎだす。

「あ……、ありがとう、ございます……。少し、楽になってきました」

「……そうか」

よかった、と微笑むルシウスの長い髪が、さらりと揺れる。自分を見下ろす優しい視線に気づいた途端、なんだか落ち着かない気持ちになって、尚人は慌てて身を起こそうとした。

「すみません……、結局ご迷惑をかけて……。あの、僕……、自分の部屋に、戻ります」

けれど、肘《ひじ》をついて身を起こそうとしても、体に力が入らず、それどころかおさまったと思った疼きがまたくすぶってしまう。

小さく息をつめて甘い悲鳴を呑み込んだ尚人を、ルシウスが押しとどめてきた。

「まだ動くのは無理だろう。いいから、おさまるまでここで休んでいきなさい」

「でも……」

「君のそんな顔を誰かに見せるわけには……、いや、君も、そんな姿を誰にも見られたくないだろう?」

途中で言い方を変えたルシウスに戸惑いつつも、確かにこんな状態で誰かと行き会ったら恥ずかしいと思い、尚人はこくりと頷いた。

「じゃあ、あの……、少しだけ。……ありがとうございます」

「いや……。私こそ、君に礼を言わねば」

「お礼、ですか……?」

首を傾げる尚人の靴を手ずから脱がせながら、ルシウスが、ああ、と頷く。

「礼音たちを守ろうとしてくれただろう。……父として、王として、礼を言う。ありがとう、尚人」

「そんな……、僕はなにもしてません」

確かに自分はあの場に駆けつけたけれど、結局なにもできなかった。

「ルシウスさんが、来てくれなかったら……、僕も今頃《いまごろ》、どうなっていたか……」

「いいや。君が立ち向かってくれていなかったら、きっと手遅れになっていた」

尚人のシャツのボタンを一つ、二つと開けて襟元をゆるめ、ルシウスが苦しくないか、と聞いてくる。尚人が頷くと、ルシウスは立ち上がり、サイドテーブルにあった水差しの水をボウルに注いだ。

チェストから清潔なハンカチを取り出すルシウスを見上げ、尚人は聞いてみる。

「なんだか……、手際がいいですね……」

「ああ。以前、礼音が熱を出したことがあってな。その時、看病の手順をリアムに習った。

……少し、触れるぞ」

前置きしたルシウスが、水気を絞ったハンカチで、尚人の額や頬をそっと拭いてくれる。

拭《ぬぐ》われたところがすうっと熱が引いて、尚人は心地よさにほっと息をついた。

目を細めて、ルシウスが呟くように言う。

「私は、人間は魔法が使えないのだから、我らエルフよりも弱い生き物だと、ずっとそう思っていた。弟は、それは違う、人間にはエルフにない強さがあるのだと言っていたが……、今日初めて、私はその言葉が真実だったのだと知った」

ベッドに腰かけたルシウスが、長い指の背で尚人の頬に触れてくる。

ひんやりした手は気持ちいいのに、どうしてかハンカチで拭われた時とは違う落ち着かなさを感じて、尚人は戸惑った。

(でも……、やめてほしくない。むしろもっと、触れてほしい……)

ルシウスに触れられると、ふわりとまた体温が上がり、肌が火照り出す。またおかしな状態になってしまうかもしれないとちらっと思ったけれど、それでもやめてとは言いたくなくて、尚人はじっと撫でられるがままでいた。

さら、と指先で尚人の髪を梳《す》きながら、ルシウスが感慨深げに続ける。

「我々エルフは、己よりも強い相手には逆らわない。無用の争いを避けるには、それが一番だと知っているからだ。だが、時には君のように勇気を持つこともまた、大切なのだな」

「ルシウス、さん……」

「……君が無事で、よかった」

瞳を細めたルシウスが、改めてそう言い、やわらかな視線を注いでくる。

「君になにかあったら、私は……」

私は、と口の中で呟いたルシウスが、いや、と頭を振る。

「……礼音の恩人になにかあったら、悔やんでも悔やみ切れぬからな」

「ぁ……、……はい」

その言葉に、何故《なぜ》かちくりと、胸の奥が冷たく痛んで、尚人は戸惑いながらも頷いた。うむ、とルシウスも頷いて、噛みしめるように続ける。

「なにしろ、君は……、君は、客人なのだ。私は君を無事に元の世界に送り届ける責任があるというのに、なにかあっては、……困る」

(そう……だよね。僕は本当なら、ここの世界にいてはいけない存在なんだから……)

エルフの王であるルシウスが、尚人に責任を感じるのは当然のことだ。

そうと分かっているのに、どうしてだか胸が、痛い。

ルシウスが言っていることは当たり前のことなのに、彼がそう思っているという、その事実がどうしてか心の中で冷たく感じられて、尚人は戸惑った。

何故そんなふうに感じるのか分からないのに、生じた冷たい氷の欠片《かけら》のようなそれが、ちくちくと胸を刺す。

それなのに、その冷たくなった欠片とは裏腹に、頬がまた燃えるように熱く、熱くなってきて――……。

「あ……の……、お水、もらえます、か……?」

喉の渇きを覚えて、尚人はルシウスにそう頼んだ。

先ほどのハンカチは冷たくて気持ちよかったから、きっとあの水差しの水は冷たいのだろう。少し飲めば、すっきりするかもしれない。

「あ、ああ。すまぬ、気づかなかった。……身を起こせるか？」

水差しからコップに水を注いだルシウスが、もう片方の腕で尚人を抱え起こしてくれる。

長い腕がするりと背に回され、ぞくぞくと腰が痺《しび》れるようなその感触を必死に堪えながら、尚人はコップを受け取ろうとした。だが、腕に力が入らず、上まで上がらない。

「……よい。このまま……」

気づいたルシウスが、尚人の口元にコップを運んでくれる。けれど。

「……っ、けほ……っ！」

むせた尚人の口から水が零れ、肌を濡《ぬ》らす。

「す……、みま、せ……」

謝りながらけほけほと咳《せ》き込む尚人を見て、ルシウスが考え込むように眉を寄せる。

「飲み込めないのか……？　ならば……」

呟いたルシウスが、コップの水を一口だけ含む。

ルシウスはすぐにはその水を飲み下さず、そのまま顔を近づけてきて――。

「え……、あ、……ん」

ふに、とやわらかいものに唇を覆われて、尚人は目を見開いた。

（え……、これ……って……）

目の前に、ルシウスの伏せられた長い睫がある。

（これって……！）

驚いて顔を背けようとするより早く、ルシウスが尚人の後頭部を手で包み込み、冷たい水を口移しで注ぎ込んできた。

「ん……」

考えるより早く、こくりと喉が鳴って、与えられた水を飲み込んでしまう。

（の……、飲んじゃった……）

誰かにこんなふうに口移しで飲み物を与えられるなんて初めてで、相手はルシウスなのにと思うと、混乱と羞恥《しゅうち》で目が回りそうになる。

でも。

（美味《おい》し……）

ぼうっと、靄《もや》がかかったように思考が鈍ってきて、尚人は目を閉じると、注がれる水をもう一度飲み込んだ。熱くなった口の中を潤す冷たい水が心地よくてたまらない。

こくん、と喉を通り過ぎる水と同じ動きで、先ほど零して鎖骨のくぼみに溜まっていた水が、つうっと肌を滑り落ちる。

発熱したように熱い肌を伝って落ちた水滴が、普段意識したこともない胸の先に絡みつく、その感触に、尚人はぞくんと腰が痺れるのを感じて小さく喘ぎ声を漏らした。

「ぁ……」

「ん……、尚人」

離れていく形のいい唇に、寂しい、と知らず知らずの内にそう思っていた。

もっと触れていてほしい。

もっと、欲しい――……。

「……もっと、飲むか？」

尚人の心の中を見透かしたように、低く甘い、それでいて品のいい声がする。

「ん……、も……っ、と……」

「っ、尚人」

ねだった途端、ルシウスが残りの水をくっと呷り、すかさずくちづけてきた。尚人が飲み下すのを待って、少しずつ、水を与えてくれる。

けれどそれもなくなったのだろう。唇が離れる気配に、尚人は慌ててルシウスにしがみついて訴えた。

「ん、ん……、や、……っと……」

「待て、今水を……」

注ぐ、とそう言うルシウスの声は聞こえているのに、ぼうっとなった頭ではよく意味が分からなくて、尚人は懸命にルシウスの唇を舐《な》めてねだる。

「や、早く……、ルシ、ウス……」

「……っ」

名前を呼んだ途端、ルシウスが強引に唇を奪い、冷たい舌を潜り込ませてくる。

「ん、んん……」

もう水を与えられているわけではないのに、水よりももっとルシウスの舌が気持ちよくて、尚人は夢中で吸いついた。

ぬるぬると擦れあう舌が、何度も角度を変えて重なりあう唇が、かき抱くような抱擁《ほうよう》が、ずっと餓《う》えていたなにかを満たしていく気がして——。

「ん……、尚人」

は、と荒くなった息を吐き出して、ルシウスが唇を離す。

「大丈夫か……？」

「ぁ……」

そっと、気遣うようにそう聞かれた途端、理性が戻ってきて、尚人は我に返って真っ赤になった。

今、自分はなんてことをしたんだろう……！

「ご……、ごめんなさい、僕……っ、あ……っ!?」

慌てて身を離そうとした尚人より早く、ルシウスが尚人の胸元に指先を這《は》わせる。薄手のシャツは、先ほど滴《したた》った水滴で濡れていた。

「……透けている」

「ん……！」

ごく、と喉を鳴らしたルシウスが、指摘したそこを、つうっと指先でなぞり下ろす。その指先がどこに辿《たど》りつくのか、分かっているのに何故かやめてと言えなくて、尚人はびくびくと肩を震わせ、呆然《ぼうぜん》とルシウスの長い指を見つめていた。

「ぁ、あ……っ！」

きゅむ、と摘《つ》まれた途端、じわ、とシャツに残りの水滴がにじむ。駆け抜けた甘い戦慄《せんりつ》に、尚人は必死にルシウスの胸元を押し返そうとした。

「ル……っ、ルシウス、さ……っ！」

けれど、身の内に渦巻く淫靡《いんび》な熱のせいでまるで腕に力が入らない。ルシウスはそんな尚人をじっと見下ろすと、少し掠《かす》れた声で囁いてきた。

「……手伝ってやろう」

「え……？　な、あ……っ、んん……っ！」

ぱっと胸元から手が離れ、安堵したのも束《つか》の間、ルシウスの腕がするりと尚人の足の間に滑り込んでくる。そのまま兆したものを摑まれ、尚人はすっかり動転してしまった。

「なに、を……っ、離して、下さ……っ！」

けれど、ルシウスはますますしっかりと尚人を片腕で抱くと、もう片方の手で服の上からそこを刺激してくる。くしゅくしゅと布の擦れる感触に、尚人は必死に唇を噛んだ。

「んっ、んんん……！」

「……このままでは辛《つら》いだろう？　魔法もあまり効かなかったようだし、このまま放っておくわけにもいくまい」

「じ、ぶんで……っ」

「男同士なのだから、これくらい遠慮するな」

「遠慮じゃな……っ、あっ、やめ……っ」

遠慮などしていない、恥ずかしいからやめてほしいと言いたいのに、ルシウスは尚人のさやかな抵抗などお構いなしで、前立てをくつろげてしまう。ジーッとファスナーを下げるそのわずかな振動にも感じてしまって、尚人はぎゅっと目を閉じてどうにか訴えた。

「こ、んなの、変です……っ」

「……魔法で助けてやれないのだ。後はもう、こうするしかないだろう。嫌かもしれないが……、我慢してくれ」

「で、でも……っ、あ……！」

身をよじる尚人を抱きしめたルシウスが、片手で器用に布地をくつろげる。すっかり濡れた下着が露《あら》わになって、尚人はカァッと頬を羞恥に染めた。

「……こんなに苦しそうにしているのに、意地を張るんじゃない」

「意地、とかじゃ……っ」

「意地だろう」

断言したルシウスが、下着をずらして尚人のそれを取り出す。真っ赤に膨れ、透明な露で濡れ光っている性器をルシウスに見られて、尚人は泣き出しそうになってしまった。

「……ゃ……っ、ほんと、に……っ、恥ずかし、から……っ」

お願いだからやめて、と震える声で頼み込むのに、ルシウスは尚人が熱で身動きがとれないのをいいことに、ベッドに上がってきてしまう。枕《まくら》の方に回ったルシウスは、長い腕ですっぽりと尚人を包み込んできた。

「この格好なら、そう恥ずかしくはないだろう……？　目を閉じて、好きな女のことでも考えていればいい」

「そんな、の……っ」

無理、と尚人は頭を振る。

（こんなの、ルシウスさん以外のこと、考えられないじゃないか……！）

いくら姿が見えなくても、あのシトラスの上品な香りが全身を包み込んでいるし、ただでさえ腰に響くような美声で耳元で囁かれては、他の人のことなんて考えられない。

それに、好きな人なんて――……。

「……っ」

一瞬思い浮かんだのは、まさしく背後の男のことで、尚人はぶんぶんっと頭を振る。

今、こんなことをされているから、ルシウスのことが思い浮かんだだけだ。

「好きな、人なんて……っ、いません……っ」

「そう、なのか……？　本当に……？」

囁きと共に熱い吐息が耳朶《みみたぶ》に触れて、腰がぞくぞくと痺れる。

極上の美酒で酩酊《めいてい》したように目の前がくらくらして、体が、肌が、熱くて。

「あ、く……っ」

片手で性器を、もう片方の手で乳首をいじられて、尚人は懸命に喘ぎ声をかみ殺した。どうにかルシウスの腕から逃れようとするのに、体に力が入らず、押しのけることができない。

そうこうしている内に、ルシウスの手はどんどん大胆になっていく。

大きな手で包み込むようにしてゆったりと花茎を扱《しご》かれながら、シャツの上からかりかりと乳首を引《ひ》っ掻《か》かれて、尚人は未知の快楽に戸惑った。

「な、んで……っ、そこ……っ」

普段意識もしない胸の先が、ルシウスの長い指で優しく引っ掻かれる度に、じんじんと痺れたように甘痒《あまがゆ》くなる。こりこりと芯《しん》を持ったそこを指の腹で押し潰《つぶ》され、んっと息をつめた尚人に、ルシウスが低い声でそっと問いかけてきた。

「……ここを誰かに可愛《かわい》がられるのは初めてか？」

「あ、たり、前……っ」

「そうか……。勿体《もったい》ないことだな。こんなにも感じやすいのに」

　勿体ないと言いながらも、ルシウスの声にはどこか嬉しそうな響きがあった。どうして、と思う端から、指先で軽く引っ張られて、走った刺激に思考が塗りつぶされていく。

　同時に刺激されている性器からとろりと透明な雫《しずく》が滴って、ルシウスの手を濡らす。ぐち、ぐちゅっとそこから上がる水音がどんどん粘っこく、淫《みだ》らになっていくのが恥ずかしくて、尚人は力の入らない手で懸命にぎゅっとルシウスの腕にしがみついた。

「手……っ、汚れ、ちゃ……っ、ぁ……！」

「……かまわぬ」

「で、も……っ、あっ、ん、ん！」

　尚人の反論を封じるように、ルシウスがより激しくそこを扱き立ててくる。自分でする時よりもずっと強い力で愛撫《あいぶ》されると怖いのに、渦巻く熱がそこに集まって、全身が炎のように熱く熱くなって、気持ちがよくてたまらない。

　指の腹で先端に滲《にじ》む蜜《みつ》を拭ったルシウスは、そのままぬるりと裏筋をなぞり上げてきた。ぬるぬると上下にそこを撫でさすった後、根元の蜜袋をやわやわと押し揉《も》み始める。

「っ、あ、ひ……っ、く……！」

「ここも、初めて、か？」

「あ、あ……！」

もう隠すこともできなくて、尚人はびくびくと震えながら何度も頷いた。引っ張った乳首をくりくりいじめられながら、蜜の溜《た》まったそこを優しく揉まれると、先走りの蜜がとまらなくなってしまう。

とろとろと幹を伝う粘液の感触に、寒気にも似た快感が走り、尚人はぶるっと肩を震わせてしまった。背後のルシウスが、低い声で囁きかけてくる。

「濡れやすいな……。……蓋《ふた》をしてやろう」

「や……っ、ん、ん……！」

ぬるぬると花茎を扱いたルシウスが、親指の腹で先端の小さな孔《あな》を塞《ふさ》いでしまう。そのまぐりゅ、ぬりゅ、と、溢《あふ》れた蜜を押し込むようにして、ひくつく鈴口をいじられて、尚人は熱い息を零し、切れ切れに訴えた。

「も……っ、も、出ちゃ……っ」

ぎゅっと腕にしがみつき、振り返って懇願する。

「離し、て……っ、お願……っ」

もう訳が分からなくて、出したくて、出したくて、でもこのままルシウスの手で追い上げられてしまうなんて恥ずかしすぎる。

お願いだから、と瞳を潤ませて頼み込んだ尚人だったが――。

「……尚人」

尚人の潤んだ瞳を見つめたルシウスが、胸元から離した手で、尚人の顔をぐいっと自分の方へ向けさせる。

そのまま、長い睫を伏せたルシウスの顔が近づいてきて、尚人は思わず息を呑んだ。

（キス、される……？）

――しかし。

「ぁ……」

「……っ」

唇が触れる寸前で、尚人が小さく声を漏らした途端、ルシウスがぴたりと動きをとめる。

「私、は……」

目を見開き、呆然としたように呟いたルシウスは、尚人の顔からするりと手を離した。

「ルシウス、さん……？　ん……っ、あぁあっ！」

戸惑った尚人だったが、ルシウスは尚人の肩口に顔を埋《うず》めると、首筋に唇を押し当てながら、手にしたままだった性器を一層激しく追い立ててくる。

「あっあっあ……っ、だ、め……っ、だめ……っ！」

長い指先でぐりっと先端を抉《えぐ》るように刺激されて、尚人はびくんっと全身を震わせ、思わず自分の手で口を抑えた。ぐしゅぐしゅになった小孔から、白濁した粘液が飛び出していく。

「んんん……！」

「……ん、……尚人」

尚人の首筋に強く唇を押し当てながら、ルシウスは狂おしげに尚人の名前を呼んできた。

ぴゅ、ぴゅうっと噴き上がる白蜜を指先で絡め取り、なおも性器を扱き続ける。快楽に痺れた全身を抱きしめられながら残滓《ざんし》を絞りとられた尚人は、射精を終える頃にはすっかり息が上がってしまっていた。

「は……、あ、ん……」

尚人の蕩《とろ》けた顔を、艶《つや》めいたエメラルドグリーンの瞳で見つめながら、ルシウスが囁きかけてくる。

「ん……、……まだ、足りなさそうだな……？」

「ぁ……」

淫らな熱に支配され、一度出したのにまだ膨れ上がったままのそれを、ルシウスが再びゆっくりと扱き出す。

白濁にまみれたそこが、ぐちゅぐちゅと聞くに耐えない音を奏でて、尚人は荒い息の下、どろりとしたその快楽に、どうにかして抗おうとした。

「ぼ、く……、あ、あ……」

けれど――。

「……大丈夫だ。おさまるまで何度も、してやろう……」

するりとシャツに手を潜り込ませたルシウスが、こりこりになった乳首を直接指先で捕らえる。なめらかで冷たい指先に優しく摘まれ、きゅうっと引っ張られて、尚人の理性はたちまち蕩けてしまった。

「あ、く……っ、ん、んん……」

「尚人、……尚人」

低く甘い声が何度も囁きながら、やわらかく尚人の首筋を吸い上げる。

そのキスに、淫らな熱い疼きに、尚人は再び絡め取られていった――。


「……んせ、尚人先生？」

「ぁ……」

呼ばれていることに気づき、尚人は我に返った。見れば、礼音がこちらを覗き込んできている。

「先生、だいじょうぶ？　まだぐあい、悪いの？」

眉を八の字にしてそう聞く礼音に、尚人は慌てて笑みを浮かべる。

「ううん、もう大丈夫だよ。ごめんね、心配させて」

ちょっとぼうっとしちゃった、と笑ってみせながらも、尚人は内心でため息をついた。

ピクニックの翌日の今日、幼稚園がお休みということもあり、尚人は館の中庭で礼音と遊んでいた。ボール遊びの後、礼音のリクエストで花冠の作り方を教えてあげていたのだが、基本的なところを教えてあげた後は見守るだけになっていたので、つい意識が疎《おろそ》かになっていたらしい。

「今どこまで編めた？　……わあ、上手に編めてるね！　じゃあ次はこのお花も入れてみよっか」

一面に咲いている淡いピンク色の花は茎が長く、花冠を作るにはちょうどいい。礼音の手元を覗き込んで、尚人は上手、と微笑みを浮かべた。

けれど、気を抜くとすぐに、昨日のことが頭をちらついてしまう。

（昨日のあれは……、花粉を吸っちゃった僕を助けるための処置、だったんだから……）

朝から何度繰り返したか分からないその言葉を、もう一度自分に言い聞かせる。けれど、思い出すとどうしても頬が熱くなってしまって、尚人はこっそり手で顔を扇《あお》いだ。

あの後、尚人は何度もルシウスの手で極めさせられ、そのまま泥のような眠気に負けて眠ってしまった。

いくら淫らな花粉のせいとはいえ、あんなに何度も連続で射精したことなんて初めてだったのに、最後の方は理性もなにも蕩けて、もっととルシウスにねだっていたことを思い出すと、恥ずかしくていたたまれない。

(でも、ルシウスさんも……、いくら花粉の作用を抑えるためでも、あんなことまでするなんて……)

途中からは記憶があやふやだが、確かルシウスは尚人の性器を口でなだめるようなことまでしたように思う。

あの整った顔が自分のそれを咥《くわ》える強烈なビジュアルと、熱い舌でねっとりと舐めしゃぶられる感触が脳裏をちらついて、尚人はますますカーッと頬を火照らせてしまった。

それに——、あの時、ルシウスは確かに、自分にキスしようとしていた。

結局は首筋にキスされたけれど、それだって、まるで本当は唇にしたいと言わんばかりに狂おしいもので、まだくっきりと紅《あか》い痕《あと》が残っている。

あの時、ルシウスには、尚人に水を飲ませるためという理由はなかったはずだ。

(どうして……、キスなんてしようとしたんだろう……)

こちらを見つめてくる甘い視線に、なにか意味があったのではないかと思ってしまうのは、考えすぎだろうか。

尚人、と唇の上で弾けた吐息の熱さを思い出しそうになって、尚人は慌ててぶんぶんと頭を振った。

不思議そうにこちらを見上げる礼音の純粋な視線にいたたまれなさを覚えながらも、どうにかなんでもないよと微笑んで、唇を噛む。

朝からこんなことばかり考えているなんて、恥ずかしくて恥ずかしくて、今すぐ走ってどこかへ逃げてしまいたい。

けれど、元の世界に戻るまで、ここを逃げ出すわけにもいかない。

今朝起きた時、尚人はいつも使っている客室のベッドに寝かされていた。さすがにもうルシウスはいなかったけれど、きっと彼が運んでくれたのだろう。

お礼を言わなくてはいけないとは分かっていたけれど、どんな顔をしていいか分からず、尚人は食欲がないからと朝食を欠席してしまった。

後回しにしても仕方がない、後になればなるほど気まずくなるのだからと、そう自分でも思うのだが、それでもルシウスと顔を合わせるのは恥ずかしい。

(向こうに帰るまで、まだあと数日あるのに……。どうすればいいんだろう)

小さくため息をついた尚人だったが、その時、礼音がパッと顔を輝かせた。

「あ、お父さん……!」

「え……っ」

その一言にうろたえてしまった尚人だが、礼音はすっくと立ち上がるとやおら駆け出してしまう。門の方から館に向かって歩いていたルシウスのところまで駆け寄った礼音は、そのままぐいぐいと父の手を引いて尚人のところまで連れてきてしまった。

（ど……、どうしよう……。なんて言えば……？）

考えすぎて目を回しそうになりながら、真っ赤に茹《ゆ》だっていた尚人だったが、その時、ルシウスが一人のエルフを伴っていることに気づく。見たことのないそのエルフは女性で、優しそうな面差しをしていた。

「こんにちは、初めまして。宮坂《みやさか》さん……、ですよね？」

近づいてきた彼女が、にこ、と穏やかな微笑みを浮かべながらそう挨拶《あいさつ》してくる。尚人は戸惑いながらも頭を下げ、ルシウスに聞いた。

「こんにちは……、はい、そうです。あの、こちらは……？」

「彼女は……」

言葉に詰まったルシウスが答えるより早く、ルシウスと手を繋《つな》いでいた礼音が答える。

「ミレーヌだよ。ルシウスとミレーヌは『こんやく』してるの！」

「え……」

礼音の一言に、尚人は目を見開いたまま固まってしまった。

（婚約って……）

どうしてだか、急速に鼓動が早くなっていく。ドッドッと脈打つ心臓が痛いくらいなのに、すうっと体温が下がって、五感で感じるすべてが、分厚い膜で覆われたように鈍くなった気がする——。

礼音、とルシウスが困ったように呼ぶ声がどこか遠くに聞こえて、尚人は呟いた。

「婚約、されてたんですね……」

知らなかった、と俯いて、そんな自分自身に戸惑いを覚える。

（別に、僕には関係のないことなのに）

それなのに、どうしてだろう。

ルシウスが婚約していることが、それを知らなかったことが、どうしてかショックでたまらない。

（ショック？　……なんで？）

何故自分がショックを受けているのか分からなくて、尚人は慌てて顔を上げると、取り繕うように笑みを浮かべた。

「……おめでとうございます。ご結婚はいつですか？」

「尚人、私は……」

ぎゅっと眉を寄せたルシウスが、なにか言いたげに尚人を見つめる。しかしルシウスは、いや、と頭を振ると、硬い声で答えた。

「……まだそこまでは決まっていない」

「そうなんですか。……早く決まるといいですね」

ええ、と頷き、頬を染めたミレーヌに、礼音がとととっと走り寄り、作りかけの花冠を見せる。

「ねぇ見て、ミレーヌ。これね、尚人先生におそわってつくったの」

「まあ、そうなの？　とっても綺麗ね」

「かんせいしたら、ミレーヌにあげるね。ミレーヌはお姫さまだもん」

にこにことそう言う礼音に、ミレーヌがありがとう、とはにかみながらふんわり笑う。

人見知りの礼音だけれど、どうやら彼女とは仲がいいらしい。

（よかった……、礼音くんにとっては、お母さんになるひとってことだもんな……）

ほっとしながらも、どこか寂しさを感じている自分に、尚人は小さく苦笑した。

自分はただの幼稚園の先生で、しかももうすぐ礼音とはお別れしなければならないのだ。

礼音のそばにいてくれるひとがいるのは喜ばしいことなのに、それを寂しいと思うなんて自分勝手すぎる。

ちょっと待ってて、とミレーヌに言い置いた礼音が、ルシウスの元に駆け戻り、袖《そで》を引っ張って誘う。

「お父さん、あっちでいっしょにかんむりの続きつくるの、てつだって」

「あ……、ああ、だが」

「あともうちょっとだから。ね、先生、ミレーヌといっしょに待っててね」

礼音に引っ張られて、ルシウスが一面に花の咲く方へと連れていかれる。

どうしようと戸惑った尚人だったが、二人を見送ったミレーヌは、気さくに尚人に話しかけてきた。

「ちょうどよかった。実は、あなたとお話ししてみたかったのです。城下では、昨日ルシウス様と共に飛竜に乗られていたのはあなたなのでは、という噂《うわさ》で持ちきりで……」

「飛竜……、はい、それはたぶん、僕です」

尚人が頷くと、ミレーヌはやっぱり、と笑みを浮かべた。

「飛竜はとても気難しいのです。エルフの中でも彼らに乗れるのはルシウス様ただお一人だというのに、人間のあなたが乗れたなんて、素晴らしいことですわ」

ミレーヌにそう褒められ、尚人は慌ててしまった。

「あ……、いえ、僕はその……、体調を崩していて、それでルシウスさんがあのドラゴンに乗せてくれただけなので」

なにも特別なことはない、とそう言う尚人だが、ミレーヌはいいえと頭を振る。

「どんな事情があれ、飛竜は己が認めた相手しか自分の背に乗せない生き物です。たとえ体調を崩しておられたとはいえ、飛竜が背に乗せたということは、あなたは飛竜に認められたということです」

「……そう、なんですか……」

人間の尚人にはいまいちピンとこない話だったが、ミレーヌはええ、と力強く頷くと、近くにあった石造りのベンチに腰をかける。どうぞ、と勧められて、尚人もその隣に座った。

膝の上に手を置いて、ミレーヌが切り出す。

「実は、ルシウス様が飛竜の一族と正式に親交を結ばれたのは、一年前、このアルフヘイムに死病が流行《はや》った時のことなのです」

「死病？　もしかして、それは礼音くんのご両親の……？」

礼音の父のローランドと、母の百合子先生が亡くなったのも、ちょうど一年ほど前だと聞いている。尚人の問いかけに、ミレーヌがええ、と頷いた。

「あの時、多くの同胞が病に苦しみました。私たちエルフは基本的に不老不死ということは聞いていらっしゃいますか？」

「あ……、はい。リアムさんから聞きました。黄金の林檎《りんご》……、でしたっけ。それを食べると、不老不死になるって……」

最初にこの世界に来た時にリアムが言っていたことを思い出しながら答えた尚人に、ミレーヌが再度頷く。

「ええ。花の都では毎年春に黄金の林檎が生《な》るのです。ですが、その死病が流行ったのは、まだ黄金の林檎が実らない、秋の季節でした」

花畑に座り込み、ルシウスと一緒に花冠を作る礼音を見つめ、ミレーヌが続ける。

「黄金の林檎は万病に効く薬でもあります。ルシウス様は一族を救うため、飛竜の里に向かわれました。飛竜の里には常春の楽園と呼ばれる場所があり、そこでは一年中、黄金の林檎が実っているのです。しかし、飛竜は恐ろしいほどの魔力を秘め、何者にも心を開きません。ルシウス様はそれでも飛竜を説き伏せ、黄金の林檎を持ち帰られたのですが……、間に合わぬ者も……」

（ああ……、それで……）

最初に会った時、ルシウスがひどく苦しそうに呟いた言葉を思い出す。

『……私は結局、弟もユリコも助けられなかったのだ。礼を言われる筋合いはない』

おそらくルシウスは、その黄金の林檎を持ち帰るのが間に合わなかったことで、自分を責めていたのだろう。

二人を助けられなかったのは、自分のせいだと――。

「……ルシウス様はずっと、礼音様に負い目を感じていらしたんだと思います。ですが、礼音様にとって最も大事なのはそのような負い目の気持ちではなく、愛情なのだと、気づかれたのですね……」

とても優しい目をして礼音とルシウスを見つめているミレーヌは、ずっと二人のことを案じていたのだろう。

「ミレーヌ、できたよ……！」

駆け寄ってきた礼音が、ミレーヌにしゃがんでとせがむ。ベンチから降りてしゃがんだミレーヌは、礼音に花冠を載せてもらい、ありがとう、と嬉しそうに笑みを浮かべた。

（……いい家族になるんだろうな）

穏やかで幸せな光景だと、心からそう思う。

愛情深い二人は、きっと礼音のいい父親に、母親に、なってくれるだろう。

それは礼音にとっては一番いいことだ。

でも――。

（……でも、僕はその輪の中には入れないんだ）

当たり前のことなのに、そう思った途端、胸が塞がれたように苦しくなって、尚人は俯いてしまった。

なにをおかしなことを、と自分でもそう思うのに、幸せそうな彼らを見ていると、居場所を失ってしまったような気がしてならないのだ。

たとえ彼ら自身がそう思っていなかったとしても、自分は邪魔者なのだと思ってしまう。

所詮《しょせん》自分は、他人なのだと。

（……そんなこと、最初から分かってたはずなのに）

毎日一緒に食事をして、なんでもないことで笑って、手を繋いで散歩していたから、すっかり勘違いしてしまっていたのかもしれない。

まるで自分も、彼らと家族になれたかのような勘違いを。

自分にも、心安らげる場所ができたかのような勘違いを。

（なんで、そう思っていたんだろう……。僕は男で、もうすぐ元の世界に帰る身なのに）

そのことを忘れたわけではなかったのに、二人と過ごす日々が楽しすぎて、分からなくなってしまっていた。

彼らを残して自分が去るのではない。

取り残されるのは、自分だ。

いつも、自分だけが誰からも取り残される。

（……でもそれは、仕方のないことだ）

元の世界に戻らないわけにはいかないし、それは尚人の意思でどうにかできる問題ではない。いくら彼らが親しくしてくれているといっても、この世界で自分は異分子なのだから、受け入れてもらいたいなどと思うことはおかしい。

自分の力でどうにもならないことが起きたら、じっと耐えるしかない。

耐えてやり過ごすしか、尚人にできることはないのだから――。

「……尚人」

声をかけられて、尚人は我に返って顔を上げた。見れば、いつの間にかルシウスが近くまで歩み寄ってきている。

「大丈夫か？　まだ具合が悪いのか……？」

心配そうに聞かれ、尚人はどうにか声を押し出した。

「い、いいえ。大丈夫です。……昨日はありがとうございました」

ご迷惑をおかけしました、と頭を下げて、尚人はじくじくと痛む胸に蓋をした。

ルシウスと相対すると、心が波打ちだす。

常にそうあろうと心がけてきたというのに、穏やかでいられない。

――いつの間にか、気恥ずかしいという感情はどこかへ消えてしまっていた。

ただ胸が痛くて、でもどうしてこんなに傷ついているのか自分でも分からなくて。

それでも、こんな感情をルシウスにだけは知られたくないと、そう思った。

「……僕、先に戻りますね」

無理矢理笑みを浮かべて、尚人はベンチから立ち上がる。

ほとんど逃げるようにしてその場を離れた尚人だったが、ルシウスは二人に少し待てと言い置くと、尚人を追いかけてきた。

「待ちなさい、尚人」

ベンチから少し離れたところで、尚人はルシウスに手首を摑んで引き留められる。仕方なく足をとめ、尚人はルシウスを振り返った。

「……っ、なんですか？　僕になにか……」

「……昨日のことを怒っているのか？」

ルシウスにそう切り出され、尚人はぐっと拳《こぶし》を握りしめ、深呼吸をした。

誰かに対して怒鳴ることなんて今までしたことがなかったのに、今はいろんな感情がぐちゃぐちゃで、わけが分からなくて、ともするとひどいことを言ってしまいそうになる。

（ルシウスさんは悪くない……、悪いのは僕だ）

心を落ち着けてから、尚人は口を開いた。

「怒ってなんて、いません。迷惑をかけたのは僕のほうなんですから……」

「……迷惑だなどと、思ってはいない」

きっぱりとそう言うルシウスに、尚人は思わず大声を出していた。

「……っ、そんなわけ、ないでしょう……！　あんな……！」

ルシウスの肩越しに、驚いたようにこちらを注視するミレーヌと礼音が見えて、尚人は慌てて声を抑えた。

「……あなたにあんなことをさせてしまったのは、僕の不注意が原因です。男の僕にあんな『介抱』をするなんて、あなたにとっては迷惑でしかなかったはずです」

すみませんでした、と謝る尚人に、ルシウスが静かに、けれど力強く繰り返す。

「迷惑ではなかったと、そう言ったはずだ。あれは、私がしたくてしたことなのだから、気にする必要はない」

「っ、気にします……っ、あなたには、ちゃんとした婚約者がいるんですから……！」

声を押し殺して、尚人は俯き、ルシウスから視線を逸《そ》らした。

尚人、とルシウスが低い声で呼ぶ。ぐっと、尚人を引き留める手に力が込められた。

「顔を上げてくれ、尚人。今のはどういう意味か、説明を……」

「どういうもなにも……、そのままの意味です。……離してくれませんか」

痛い、と小さく呟くと、ルシウスが慌てたようにパッと尚人の手首を離す。

「痛めたのか？　すまない、すぐに手当を……」

「……大丈夫です」

強く摑まれた手首よりも、胸の奥のほうがよほど痛い。

けれどそれは言えなくて、尚人は俯いたまま告げた。

「まだあまり体調がよくないので……、戻って少し、休みます」

「ならば、付き添いを……」

「いりません。……礼音くんと、一緒にいてあげて下さい」

礼音と、そして、ミレーヌと一緒にいる時間を大切にするべきだ。

ルシウスの家族は彼らで――、自分ではない。

「尚人、待ちなさい……！」

踵《きびす》を返し、館へと向かう尚人を、けれどルシウスはそれ以上追いかけてはこなかった。

早足で彼らから離れながら、尚人は早く、と心の中で念じた。

早く、早く忘れてしまいたい。

早く、元の世界に、一人でも大丈夫だった元の自分に、戻りたい、と――。


「尚人先生、おはようございます……っ」

駆け込んでくるなり飛びついてきた礼音に、尚人は苦笑を浮かべた。

「はい、おはようございます。今日はもうお着替えしたんだね」

髪もばっちりだ、と褒めると、礼音がえへへと照れる。

「うん……っ、ごはんもぜんぶ食べたよ。……でも、尚人先生といっしょに食べたかった」

まだ具合悪いの、と澄んだ瞳で聞かれて、尚人は言葉を濁してしまう。

「うん……、大丈夫だよ。……先生はあとで、食べるから」

「……ほんとうに？　うそつかない？　ゆびきりげんまんできる？」

嘘《うそ》ついたら地獄におちちゃうって、先生が言ったんだよ、としかめ面をしてみせながら、じーっと礼音が尚人を見つめてくる。つかないよ、と笑って、尚人は礼音と指切りをした。

ミレーヌと会ってから一夜明けた今日も、尚人は朝食に顔を出さなかった。どころか、昨夜の夕食も体調が優れないからとリアムに頼み込み、自分の部屋で一人でとった。

(よくないのは分かってるんだけど……)

本当は、体調はなんともない。

たとえ今は幼稚園の勤めを休んでいるとはいえ、子供の模範とならなければならない自分が、仮病を使うなんてよくないとは分かっているのだが、それでもどうしても、ルシウスと顔を合わせることができなかったのだ。

(……どうしたんだろう、僕)

ルシウスを前にすると、感情の抑えがきかなくなる。

自分の力でどうにもならない時は耐えてやり過ごすしかない、怒っても泣いても人から悪く思われるばかりだと、そう分かっているはずなのに、怒鳴ってしまいたくなる。

何故自分にあんなことをしたのかと、婚約者がいるのにどうしてと、そう問いただしたくなる――。

(……変だ、僕。ルシウスさんはただ、花粉の影響でおかしくなった僕を助けてくれただけなのに)

頭ではそう分かっているのに感情が暴走しそうで、尚人は昨日以来ずっとルシウスを避けていた。

はぁ、とため息をつく尚人をじっと見つめながら、礼音が首を傾げる。

「先生、きのうからへんだよ。もしかして、お父さんとケンカしたの？」

「……ううん、ケンカじゃないよ。ただちょっと……」

自分でもどう言ったらいいか分からなくて、ちょっとね、と尚人は小さく笑ってみせた。

すると、礼音が視線を下げ、俯いて言う。

「……お父さん、きょう元気なかったよ。なんか……、なんかね、すごく、たいちょうわるいんだって」

「え？　……ルシウスさん、具合悪いの？」

礼音の言葉に驚いて、尚人は礼音の前にしゃがむ。すると礼音は、こくりと頷いて続けた。

「うん。あのね、おねつ……、そう、おねつ、あるって」

「熱が……、そう」

どれくらい熱が出ているのだろう。大丈夫だろうか、と眉を寄せた尚人を見て、礼音がそろりと聞いてくる。

「……先生、お父さんのこと、しんぱい？」

「そりゃ、もちろん。お父さん、どんな感じだった？　お熱、どれくらいあるって？」

「わ……、わかんない」

尚人の問いに、リアムが首を横に振る。そこまでは聞いていないのだろうか、せめてどんな様子だったか知りたいと思った尚人だったが、そこで礼音がおずおずと提案してくる。

「先生、あの……、ぼく、これから幼稚園にいくから、お父さんにいってきますのあいさつしに行くんだけど……。……いっしょ、いかない？」

「え……」

「先生のお顔みたら、きっとお父さん、元気になるとおもうから……。だから、いこう？」

重ねて礼音にねだられて、尚人は迷いつつも頷いた。

「うん……、じゃあちょっとだけ、お加減どうですかって、聞きに行こうか」

王であるルシウスの看病をする人は、リアムをはじめ、たくさんいるのだろうが、それでも熱まであるとなれば、心配せずにはいられない。

（少しだけ……、顔を見るだけだから）

尚人の手を引いて、礼音が向かった先は、いつもルシウスが政務を行っている執務室のある塔だった。絨毯《じゅうたん》で最上階まで上がりながら、尚人は余計に心配を募らせてしまう。

（執務室って……。体調悪いのに、仕事するつもりなのかな……）

リアムは一体なにをしているのだろう、とめなくていいのだろうかと思いながら、尚人は礼音と共に執務室のドアを叩いた。

「お父さん、先生つれてきたよ……！」

「礼音？」

部屋の中では、ルシウスが立ったまま書類に目を通していた。

「なにしてらっしゃるんですか！」

尚人は思わずルシウスに足早に近寄り、その書類を奪い取っていた。ルシウスが驚いたように目を見開く。

「……尚人？」

「礼音くんに聞きました！　体調が悪いならちゃんと横になって、休んでないと駄目でしょう！　いくらお仕事があるからといって、倒れてからでは遅いんですよ……！」

叱《しか》りつけられたルシウスが、怪訝《けげん》そうに眉を寄せる。

「体調が悪い？　……私が、か？」

「他に誰がいるんです！　熱があるって……、聞い、て……」

言葉の途中でルシウスの顔をまじまじと見つめて、尚人はあれ、と戸惑った。

「……元気そう、ですね……？」

ルシウスの顔は赤くもなければ青くもなく、瞳も濁っていない。呼吸もいつも通りだし、特に体調を崩しているようには見えない。

「ああ。特にどこも悪いところはないのだが……、誰がそのようなことを？」

「誰って……」

礼音くんが、と視線を下げた尚人は、礼音が二人の間でもじもじしているのに気づく。

「礼音くん？」

「だって……、だってぼく、なかなおり、してほしかったんだもん」

ぎゅう、と尚人の手を握り、礼音が二人を見上げて言う。

「尚人先生、お父さんとなかなおり、してあげて。先生、言ってたでしょ？　やさしいひとは、ごめんなさいしてもらったらちゃんと許してあげるんだって」

「礼音くん……」

「尚人先生はやさしいから、お父さんのこと、許してくれるよね……？」

目にいっぱい涙を溜めてそう言う礼音に、尚人はどう答えていいか分からず言葉に困ってしまう。するとルシウスが、礼音が繋いでいた手の上から、尚人の手を握ってきた。

「え……っ、あの」

「……大丈夫だ、礼音。私はちゃんと、尚人に謝る」

慌てる尚人に目配せをして、ルシウスがしゃがみ込んで礼音にそう言い聞かせる。

「尚人を連れてきてくれて、ありがとう。せっかくお前が機会を作ってくれたのだ。許してもらえるまで謝るから、礼音は心配せず、幼稚園に行きなさい」

「ほんとう？　ゆびきり、できる？」

「ゆびきり？」

それはなんだ、と怪訝な顔をするルシウスに、礼音が小指を差し出して教える。

「こうやって、ゆびをからめてね、お約束するの。ゆびきりげんまん、うそついたらはりせんぼんのーます、ゆびきった……って」

「……針千本とは、随分重い罰だな……」

呻きながらも、ルシウスが礼音と小指を絡める。

「約束する、礼音。私はきちんと、尚人に謝る。お前に嘘をついたりはしない」

「うん。うそついたら、はりせんぼんだよ」

ルシウスに指切りで約束してもらって、礼音はようやく安心したらしい。ちょうど迎えにきたリアムの元へと、たたたっと駆け寄る。

「じゃあ、行ってきます！」

「礼音様、飛び乗ったら危ないですよ！」

ぴょんと絨毯に飛び乗る礼音を追いかけて、リアムも去ってしまう。

ぽかんとしていた尚人は、立ち上がったルシウスにハッとして顔を赤くし、俯いた。

「す……、すみません、僕の早とちりで、体調が悪いのだとばっかり……」

「いや。礼音が尚人を連れてくるために嘘をついたのだろう。……あの子は私のことを思いやってくれたのだ。許してやってくれ」

尚人から返却された書類を机に置いたルシウスが、尚人に向き直る。

「……一昨日は、すまなかった。本当は昨日のうちに、君に謝りにいこうと思っていたのだが……、君にもし許してもらえなかったらと思うと、柄にもなく臆病《おくびょう》になってしまった」

「臆病って……」

ルシウスには不似合いな言葉に、尚人は驚いてしまう。深い翠《みどり》色の瞳でじっと見つめられて、尚人はどぎまぎしながらも急いで謝った。

「……僕こそ、すみませんでした。あなたはただ、僕を介抱してくれただけなのに、昨日はあんな態度を取ってしまって……。許してもらうのは、僕の方です」

すみませんでした、と重ねてそう言うと、ルシウスは苦悶《くもん》するように眉を寄せて呻いた。

「尚人、私は……」

だが、それきり声をつまらせ、黙り込んでしまう。

どうしたのだろう、と沈黙の重さに耐えかね、逃げ出したくなりながらも気になってじっと立ち尽くしていた尚人だったが、ルシウスはややあって、深いため息をついた。

「……やはり、ここでは駄目だ」

きっぱりとそう言うと、顔を上げ、まっすぐ尚人を見つめて言う。

「尚人、君ときちんと、話がしたい。私と一緒に来てくれるか」

「え……、ど、どこへ……?」

問いかけた尚人の耳に、バサッと大きな翼の音が聞こえてくる。

まさか、とバルコニーの方を見やった尚人は、そこに現れた暗緑色の大きなドラゴンに息を呑んだ。

「……飛竜の里だ。もともと今日、君を誘うつもりで、彼を呼んでいた」

バルコニーに出たルシウスが、ひらりとドラゴンに飛び乗り、尚人に手を差し伸べてくる。

「おいで、尚人」

こくりと喉を鳴らし、尚人はその手を取ったのだった——。


ドラゴンが向かったのは、花の都から遠く離れた険しい山岳地帯だった。連なった山々の峰を辿り、ひと際高い山の頂に向かって羽ばたいたドラゴンは、やがて山の中腹にある広い草原へと降り立つ。

草原には緑や赤、青といった色とりどりのドラゴンたちがおり、草木を喰《は》んだり、長い尾を丸めて居眠りをしたりと、思い思いにくつろいでいる様子だった。高山植物なのだろう、小さな白や黄の花がそこかしこで咲き、ドラゴンの鼻先にとまった小鳥が澄んだ高い鳴き声を響かせている。

「ここが飛竜の里だ。……と言っても、彼らは普段、もっと先の山頂近くの洞窟《どうくつ》に棲《す》んでいるから、ここにいるドラゴンはごく一部だが」

先に降りたルシウスが、乗せてきてくれたドラゴンに一礼した後、尚人に手を貸してくれる。ありがとうございます、とルシウスの手を取って地に降りた尚人だったが、初めての空の旅ですっかり膝に力が入らず、かくんとその場に躓《つまず》いてしまった。すかさずルシウスが尚人を抱き留める。

「大丈夫か？」

「あ……、す、すみません」

「よい。……こちらだ」

尚人の手をとったルシウスが、そのまま歩き出す。子供のように手を引かれる恥ずかしさに顔を赤らめて、尚人は訴えた。

「あ……、あの、手……」

「転んで怪我《けが》でもしたら大変だろう。それとも、抱き上げて運んだ方がよいか？」

私はどちらでも構わぬが、としれっと言われて、尚人は慌てて首を横に振った。

「こ、このままでいいです……」

そうか、とどこか残念そうに言って、ルシウスが歩き出す。尚人は仕方なく、暗緑色のドラゴンにぺこりと頭を下げて、ルシウスと一緒に森の中へ入った。草原にいたドラゴンたちはもの珍しそうにこちらを注視してはいたが、ついてくる気配はない。

勝手知ったるといった様子で森を進むルシウスに、尚人はおずおずと聞いてみた。

「あの……、どこへ行くんですか？」

「……もうすぐ着く」

どうやら着くまでは教えてもらえないらしい。尚人は仕方なく辺りを見回しながら、ルシウスについていった。

二人がカサカサと落ち葉を踏む音に混じって、風が木々の間を吹き抜ける音が聞こえてくる。小鳥の鳴き声に混じって聞こえてくるドラゴンの喉鳴りが遠くなってきて、二人きりということを意識してしまった尚人は、気を紛らわせようとルシウスに問いかけた。

「そういえば……、あの、ドラゴンって喋《しゃべ》ったりするんですか？」

ルシウスはドラゴンと親交を結んだということだったが、先ほど尚人が頭を下げた時も、暗緑色のドラゴンは瞬《まばた》きをしてグルル、と喉を鳴らしただけで、特になにか喋ったりはしなかった。

唸り声しか聞いた覚えがない、と言う尚人に、ルシウスが答える。

「……ドラゴンの言語は、我々エルフとは異なる。だが、魔力を持つ者同士であれば、思念で話すことが可能だ」

「思念……、テレパシーですか？」

「その言葉は分からぬが、念じれば頭の中で会話ができる」

ということは、やはりテレパシーのようなものなのだろう。

「我々を乗せてきたあのドラゴンは、少し変わり者なのだ。我々エルフが飛竜の里と親交を持つようになったのは一年前だが、あのドラゴンはその数年前に大怪我をして、花の都近くに墜落してきてな。私が魔法で治療してやったら、都近くの山に棲みつくようになった」

以来、喚《よ》びかけると飛んでくるようになったのだ、とルシウスが話す。

ゆっくり歩くルシウスに手を引かれながら、尚人は少し俯き加減に呟いた。

「……魔法ってすごく便利だけど、……ちょっと怖いです。もしも人間が魔法を使えたら、きっとなんでも魔法に頼ってしまうんだろうなと思うから」

この世界で過ごしてきた尚人は、エルフたちが魔法をあくまで補助的なものとして捉《とら》えているのだということに少し驚いていた。

あれほど便利な力があっても、エルフたちはその力に溺《おぼ》れたりはしない。

「人間が魔法を使えたら、すぐ争いになりそう……」

だからこそ、人間にこの世界のことを知られてはいけないのだろう。ルシウスが最初に尚人の記憶を消すことを譲らなかったのは当然なのだと、改めてそう思った尚人だったが、その時、ルシウスが口を開く。

「……尚人は、誰から教わるでもなく、魔法の持つ恐ろしさを知っているのだな」

前を向いたまま、ルシウスが切り出す。

「我らエルフの間にも、かつて争いがあった」

「……そうだったんですか」

「ああ。多くの者が命を失い……、家族を失った。だからこそ今は、子供たちに魔法の恐ろしさを教え、二度と過ちを繰り返さぬよう、教訓としている。……私も、これから礼音にそれを教えていかねばならぬ」

そう言うルシウスの横顔を見つめて、尚人はほっと安心した。

（……ルシウスさん、もうすっかり父親の顔、してる）

最初の頃の、どう接したらいいか計りかねている様子はもう、微塵《みじん》も感じられない。

（自惚《うぬぼ》れかもしれないけど……、僕がここに来たのにも、少しは意味があったのならいい）

少なくともあのハプニングがなければ、ルシウスと礼音はまだ平行線を辿っていたかもしれない。そう思うと、自分が役に立てたような気がして、嬉しくなる。

「……ルシウスさんならきっと、礼音くんにちゃんと教えてあげられると思います」

今のこの人ならきっと、とそう思って言った尚人だったが、ルシウスはその言葉を聞くと、低い声で呟いた。

「そうありたいと思う。……だが、そのためにも、私には君が必要なのだ」

「え……」

「……着いたぞ」

聞き返すより早く促されて、尚人は前を向く。

そこには——。

「う、わ……」

木々が開けたそこには、真っ白な大樹が枝葉を広げていた。

大人が十人ほども両腕を広げて立って、ようやく一周できるだろうか。立派な幹だけでなく、枝や葉に至るまですべて真っ白なその大樹には、黄金の林檎が鈴生りになっていた。

大樹の生えているのはなだらかな丘陵であり、その周囲は穏やかな湖に囲まれている。澄んだ湖面の下、金色の魚のようなものがすーっと泳いでいるのが見えて、尚人は息を呑む。

魚と思われたそれは、小さな、尚人の両手のひらに載るほどの大きさの、金色のドラゴンだったのだ。

「……彼が、飛竜の里の長《おさ》だ。この常春の楽園を守り、導いている」

「え……っ!?」

驚く尚人に、その金色のドラゴンが近づいてくる。すうっと、まるで空を羽ばたくように水の中を泳いできたドラゴンは、じっと尚人を見つめると、そのまま水底へと潜っていってしまった。

遠ざかる金色の影にじっと見入っている尚人に、ルシウスが声をかけてくる。

「彼が姿を現すのは珍しい。人間がここに来るのは初めてとはいえ、滅多に出てこないのだがな。……こちらへ、尚人」

　再び尚人の手を取ったルシウスが、湖へと誘う。そのまま湖に入ろうとするルシウスに、尚人はたじろいでしまった。

「え……、あの、水に入るんですか？」

　穏やかそうな湖だが、底は深そうだし、第一着替えもなにもないのに、とそう思いかけたところで、ルシウスがふっと微笑む。

「こういう時には、便利な力を活用してもよいだろう？」

　短く詠唱を呟き、一歩踏み出したルシウスは——、湖面に浮いていた。

「わ……」

「おいで、尚人」

　優しく手を引かれて、尚人はごくりと喉を鳴らし、ルシウスに倣《なら》って一歩、踏み出した。

　ふわ、とやわらかいクッションを踏むような感覚が走り、思わずルシウスの腕にすがってしまう。

「す……、すみません」

「いや。……このまま、向こうまで行くぞ」

「え、ま……っ、待って、ま……っ、うわ、わ」

　ゆっくり歩き出したルシウスが、生まれたての子鹿《こじか》のように震えながらついてくる尚人を見てくすくすと笑みを零す。

「絨毯の時といい、尚人は案外恐がりなのだな。大丈夫だと言っているのに」

「だ……、誰にだって、初めてはあります……っ」

必死に反論する尚人に、ルシウスが目を細めて頷く。

「ああ。……そうだな」

大樹に背を向け、尚人の両手を取ったルシウスが、ゆっくり後ろに歩いていく。雲の上を歩くような感覚に怖々足を進めていた尚人だが、岸に着く頃にはどうにか足の震えはとまっていた。

地に上がった途端、ほっと肩の力を抜いた尚人に苦笑したルシウスが、背後を振り返り、黄金の林檎の大樹を見上げて言う。

「……君をここに連れてきたのには、理由がある。今、この時節に黄金の林檎が実っているのは、ここだけだからだ」

真っ白な大樹に歩み寄ったルシウスが、静かに目を閉じて片手を差し出す。

すると、高い枝に生っていた一つがぷつんと枝から離れ、ふわりとその手に落ちてきた。

「今のも、魔法ですか？」

詠唱を唱えてはいなかったように見えたけれど、とそう思って聞いた尚人に、ルシウスは歩み寄りながらいいや、と頭を振った。

「この大樹の林檎は、どんな魔法をもってしても奪うことはできない。もちろん、登って取ろうとしても無駄だ。……だが、真に心の底から願った時、先ほどのドラゴンの長がその願いを聞き届け、林檎を授けてくれる」

「真に、心の底から願った時……」

ああ、と頷いて、ルシウスが尚人の前に立つ。

「私がなにを願ったか、聞いてくれるか？」

ルシウスの方からそう言われて、尚人は戸惑いつつも聞いた。

「……なにを、願ったんですか？」

「……君のことだ」

ふ、と瞳を優しく細め、ルシウスが短くそう言う。

思いがけない一言に、心臓が跳ね上がる。ああ、と頷いて、ルシウスはゆっくり言葉を紡ぎ始めた。

「僕、の……？」

「我々エルフは、成人してからはこの黄金の林檎を毎年春に食べ、不老不死を保つ。ローランドと共にこの世界で生きると決めたユリコも、その証《あかし》にこの林檎を食べ、一族の一員となった」

ゆっくりと一度瞬きをして、ルシウスがそのエメラルドグリーンの瞳で尚人を見つめてくる。

「私の願いは、君にもユリコと同じ道を選択してほしいということだ。ユリコがローランドの想いを受け入れたように、尚人も私の想いを受け入れてほしい。……そのために林檎を授けてくれと、そう願った」

「想い、って……」

驚きのあまり、うまく頭が回らない。

彼がなにを言っているのか分からなくて、ただ目を瞠って立ちつくすばかりの尚人に、ルシウスが黄金の林檎を差し出す。

「……君にこの林檎を、捧げたい。……私の心と共に」

なめらかな低い声でそう囁かれて、尚人は息を呑み込んだ。

「ル、シウス、さん……？」

戸惑う尚人をじっと見つめながら、ルシウスがその形のいい唇を開き、告げた。

「君が好きだ、尚人」

——言われたその言葉の意味が、一瞬分からなかった。

ただ、綺麗な唇から、綺麗な声が、言葉が零れ出たのだけが、分かって。

「ぁ……、え……？　す……、き……って……」

呆然と目を見開きながら喘ぐようにそう呟いた尚人に、ルシウスが真剣な瞳で繰り返す。

「……君が好きだと言った」

尚人、と名前を呼ばれて。

どこかに行ってしまっていた焦点がようやく合ったように、尚人の頭の中でその言葉が意味を持つ。

「好きって……、今、好きって言いましたか……？」

震える声で問い返した尚人に、ああ、とルシウスが頷く。

その途端、尚人は抑えきれず叫んでいた。

「う……っ、嘘をつかないで下さい！　あなたにはミレーヌさんが……っ、婚約者がいるじゃないですか……！」

（なんで、こんな……、こんな嘘、つくんだろう）

カァアッと頭の中が沸騰《ふっとう》して、目の前が真っ赤に染まった気がする。

自分が泣いたところで、怒ったところで、なにも変わらないなんて、この時ばかりは忘れていた。

ただただ腹立たしくて、声を荒らげてはいけないとか、怒鳴ったら嫌われるとか、そんなこともう、思い浮かばなくて。

「ルシウスさんは、もうすぐ結婚するんでしょう……⁉　それなのに、なん……っ、なんで、僕なんかにこんな……！」

けれどルシウスは、叫ぶ尚人の手首を摑むと、ぐっとそのまま引き寄せ、強い視線を注ぎ込みながらきっぱりと言う。

「……結婚は、しない。昨日彼女を館に呼んだのは、その話をするためだ。ミレーヌとはあの後、正式に婚約を解消した」

「な……⁉　なんで、そんな……」

何故ルシウスがそんなことをしたのか、混乱しきった頭ではもうわけが分からなくて、尚人は息もうまくできないままそう聞いた。するとルシウスは、ぐっと眉間《みけん》を険しくしたかと思うと、低く唸るように叫ぶ。

「分からないのなら、何度でも言う……！　君を、愛したからだ！」

「……っ！」

返す言葉を失って、尚人は目を見開いたまま硬直してしまった。

（愛したって……、好きって、本当に……）

ルシウスの瞳を見れば、それが嘘や冗談などではないことは分かりすぎるくらい伝わってくる。

けれど、本気だと分かるほどに、どうして、と思ってしまう。

「どう、して……、どうして、僕なんかを……」

混乱のあまり、問いかけが口から零れ出てしまう。

ルシウスはそんな尚人をじっと見つめると、尚人の手首を握る手をふわりとゆるめた。しかし、手はそのまま離さずにするりと滑らせ、尚人の指先をしっかりと摑み直して言う。

「……なんか、などと自分を貶《おとし》めるな。たとえ君自身であっても、君を卑下するような言葉は聞き捨てならない」

頼む、と切なげにそう呟いて、ルシウスが持ち上げた尚人の指先に、軽くくちづけてくる。

「君は、誰から愛されてもおかしくない、美しい心の持ち主だ。今までの不幸から、自分が誰からも愛されないなどと思うのはやめなさい。事実、私は君を愛しているのだから」

その言葉に、やわらかな唇の感触に、伏せられた睫の長さに、ばくんと心臓がひっくり返って、尚人は一気に顔を赤らめてしまった。

「な……、なに、して……っ」

「……私は今までは、礼音のために結婚しなければならないと考えていた」

真剣な顔つきで、ルシウスが切り出す。

ドッドッとまだ落ち着かない心臓を必死になだめながら、尚人は彼の話に耳を傾けた。

「礼音を引き取ったばかりの頃、まだ魔力に目覚めていなくとも、いずれその時がくるだろうとは思っていた。私は弟夫婦に代わって、礼音を立派に育てるためにも、魔法の恐ろしさをきちんと教え、共に礼音を慈しみ、愛してくれる者を妻に迎えなければと思い、ミレーヌと婚約した。……彼女はかつての争いで、姉を亡くしているのだ」

多くのエルフが命を落としたというその争いを、ルシウスは王として繰り返すまいと決めているのだろう。ぐっと眉間を深く寄せて、深く、短く息を吐き出して続ける。

「私は、まだ幼い礼音のためには母親が必要だろうとばかり思っていた。だが本当は……、本当は、私は礼音と、家族になりたかったのだ。その家族を形作るために婚約したのだと気づいたのは、君と……、尚人と出会ったからだ」

「僕、ですか……？」

掠れた声でそう聞いた尚人に、ルシウスが静かに頷く。

「ああ。……最初は、なんて男だと思った。王である私を叱り飛ばし、私よりも礼音に懐かれ……。……もう知っているだろうが、君と初めて会ったあの時、私は君に嫉妬《しっと》したのだ。礼音に真っ先に頼られ、甘えられるのは私でありたいとそう思っていたのに、君がやすやすとそれをやってのけていたから」

苦笑を浮かべ、ルシウスは穏やかに目を細めた。

「だが、君が連絡帳で礼音のことを報告してくれていたあの『尚人先生』なのだと知って、……驚くと共に、感謝でいっぱいになった。いくら礼音のそばにいてやりたくても、私は王都を離れられぬ。だから、月に一度リアムが持って帰ってくる連絡帳を読み、礼音の成長を知るのがなによりの楽しみだったのだ」

ありがとう、と改めてルシウスがお礼を言う。尚人は慌てて頭を振った。

「い、いいえ……。僕はただ、普通のことをしていただけで……」

「ああ、君はきっとそうだったのだろう。だが、私はずっと一方的に、『尚人先生』に礼音を見守る仲間意識のようなものを持っていた。こちらに来てからも、君は私に折り紙を根気強く教え……、飛び出した礼音のことを本気で心配してくれた。命がけで、礼音を守ろうとしてくれた。……まるで、本当の息子のように」

ぎゅっと尚人の指先を握り、ルシウスが苦しげに声を押し出す。

「……尚人を失うかと思ったあの時、君への気持ちが恋なのだと気づいた。君だけは絶対に失いたくはない存在なのだと、……私にとってかけがえのない存在なのだと」

握った指先をそっと引き寄せて、ルシウスが唇を押し当ててくる。

本当は唇にそうしたいのだと、あの日もそう思っていたのだと知らしめるような仕草だった。

「君の、控えめなのに芯の強いところが、……好きだ。子供たちを心から大事に慈しんでいる姿を見ると、愛《いと》おしくて仕方なくなる。本当は寂しがり屋なのに、感情を抑えて遠慮しているその態度が、いつももどかしくてたまらない。……他の誰にも渡したくない、私だけが君の特別になりたい。誰にも見せない弱みを、私にだけはもっと、見せてほしい。私にだけ、甘えてほしい。……君を、甘やかしたい」

溢れんばかりの気持ちを打ち明けられて、尚人の頬は際限なく熱くなってしまう。

赤く染まったその頬をじっと見つめながら、ルシウスは続けた。

「君はさっき、誰にだって初めてはあると言ったな？　……私は、こんな気持ちになるのは初めてだ。他の誰にも、こんなに心を乱され、動かされたことなどない。君になら、自分の過ちを認め、弱いところを晒すことができる」

「あ……」

以前、一緒に蜂蜜《はちみつ》酒を傾けながら語らった際にルシウスが言っていたことを思い出す。

『私とて、自分の過ちを認め、弱いところを晒すことができる相手ができたのは、つい最近だ。……三百年かけて、ようやくそのような相手に巡り会えた』

あの時は、まさかそれが自分のことなのだとは思っていなかった。

驚いて言葉を失った尚人に、ルシウスは小さく苦笑し、ぐっと眉間の皺《しわ》を深くした。

「これほど愛する相手と巡り会ったというのに、他の者と結婚することなど、……できぬ」

苦しげな、切なげな視線を向けられて、尚人は息をすることもうまくできなくなってしまった。ルシウスは一層熱を帯びた視線で尚人を絡め取り、かき口説くように告げてくる。

「君がいいのだ、尚人。君が男でも、人間でも構わない。私は尚人と、礼音と、本当の家族になりたい。君と共に礼音を、育てていきたい」

だから、と一呼吸して、ルシウスは改めて黄金の林檎を差し出してきた。

「だから、どうか私の想いを受け入れてほしい。……この世界に、残ってくれないか」

「ルシウス、さん……」

艶々と輝く林檎を見つめ、尚人は喘ぐようにやっと、その名前を呼んだ。

緊張のあまりカラカラに渇いた喉を、こくりと鳴らす。

いくら別れがつらくても、ここでの出来事を忘れてしまうのが惜しくても、それは仕方のないことだと思っていた。

自分は人間で、ここの世界にいてはいけない存在なのだからと、そう思っていた。

けれど、ルシウスは望んでくれるのだ。

尚人がこの世界に残ることを。

尚人が、家族になることを。

「僕、は……」

小さく呟き、尚人は俯いて唇を噛んだ。

君が好きだ、と。

君がいい、君と家族になりたいと、その言葉が、胸にじんと響いて、目頭が熱くなる。

自分を家族にと望んでくれる人がいるのだということが嬉しくて、――ルシウスの気持ちが、嬉しくて。

(……僕は、この人のことが……、好きなんだ)

好きだと言われて、婚約者がいるのにどうしてそんなことを言うのかと、カッとなったのは、自分もルシウスに惹《ひ》かれていたからだ。

だから、自分の気持ちを弄《もてあそ》ばれているように思えて、感情が抑えられなかった。

婚約者がいるのだと知った時にあんなにショックだったのも、家族になってほしいと言われてこんなに嬉しいのも、全部、自分の気持ちがルシウスに向いているからだ。

男同士だから、エルフと人間だから認められなかっただけで、本当はもうずっと、惹かれていた。

（家族にって、言ってくれた。男でも、人間でも構わないって……）

ずっと、自分の家族が欲しかった。

憧《あこが》れるあまり目の前の恋人を本当に愛しているのか見えなくなって、けれどその過ちに気づかせてくれた相手が、自分のことを愛してくれるなんて。

（……嬉しい）

じわじわと、胸の奥底から熱い喜びが湧《わ》き上がって、尚人はおずおずと顔を上げた。

言葉を尽くしてくれたルシウスにちゃんと答えたくて、恥ずかしいけれど目を合わせて口を開く。

「僕、も……」

けれど、緊張のあまり強《こわ》ばった唇からは、掠れた声しか出てこない。

焦る尚人に、ルシウスが微笑みかけてくれる。

「……尚人」

「あ……」

優しく細められた瞳に、心の中が好きだという感情でいっぱいになって、尚人はカァッと頬を赤らめた。

(ちゃんと、言わないと)

自分もあなたのことが好きです、と。

あなたと家族になりたい、と。

「っ、僕……っ!」

片手でエプロンをぎゅっと握りしめ、思い切ってもう片方の手を林檎に伸ばしかけた尚人は――、しかし、聞こえてきたカサリという小さな音に、ハッと我に返った。

尚人が握りしめたのは、エプロンのポケットの部分だった。

解《ほど》いた手をそっとポケットに入れた尚人は、音の正体に気づいて息を呑む。

出てきたのは銀色の折り紙で作られた、――康太《こうた》の、手裏剣だった。

『起きたら先生とまたいっぱい遊ぼうね』

あの時した約束がよみがえって、尚人はじっと手裏剣に視線を注いだ。

(今頷いたら……、僕はみんなのところには二度と戻れないんだ……)

そう気づいた途端、言葉が、声が、鉛《なまり》のように喉奥で固まってしまう。

まるで冷水を浴びせられたように顔から血の気が引くのが、自分でも分かった。

(本当に……、本当に今、この林檎を食べてもいいんだろうか……)

自分たちは男同士で、エルフと人間で、――住むべき世界が違う。

ルシウスは、アルフヘイムの王だ。

いくら彼自身が望んだとしても、エルフの王である彼が人間の男と結ばれることを、エルフたちはどう思うだろう。

ここで尚人が頷くことが、両想いになることが、必ずしも幸せに繋がるとは限らない。

（ルシウスさんの想いを受け入れたら、……この林檎を食べたら、僕はこの世界に残ることになる。康太くんにこの手裏剣を返すことも、約束を果たすことも、みんながちゃんと卒園するまで見届けることも、できなくなる……）

ここでの出来事を、ルシウスのことを、忘れたくはない。

だが、それには今まで生きてきた世界を捨てなければならないのだ。

（僕には、向こうの世界に残してきたユリ組のみんながいる。ずっと見守ってきたあの子たちを放り出してこの世界に残って、本当に後悔しないだろうか……？）

ルシウスと一緒に礼音を見守って生きていけたら、彼らと本当の家族になれたら、どんなにいいだろう。

けれど、それには尚人も不老不死となって、この世界でずっと生きていかなければならないのだ――。

「……っ、僕……」

どうしていいか分からない。

どう答えるのが正解なのか、どうすれば自分は後悔しないのか。

ルシウスの想いに応えて、黄金の林檎を受け取りたい。

けれど、手にした手裏剣を手放すことが、できない。

答えを出せず、俯いたまま視線を泳がせる尚人を、ルシウスはじっと待ってくれていた。

(どうしよう……。どっちを選ぶこともできないなんて、そんなこと言えない……)

残りますと言いたい気持ちと、言えない気持ちが何度も交互に唇をついて出そうで、でもどちらも言えなくて。

せめぎ合う気持ちの狭間《はざま》で揺れ、尚人は黙り込むことしかできなくなってしまう。泣き出しそうに顔を歪《ゆが》める尚人を見て、ルシウスが重い声を発した。

「……すまない。……私が、悪かった」

「ぁ……」

す、と林檎を持ったルシウスの手が遠ざかって、尚人は弾かれたように顔を上げた。

深い苦悩を眉間に刻みながらも、ルシウスは尚人を安心させようとするように、ぎこちなく微笑みを浮かべた。

「昨日、私に婚約者がいると知った君が嫉妬してくれたように見えたから……、勝手に期待してしまったのだ。知り合ってまだ日は浅いが、もしかしたら君が私を選んでくれるかもしれない、と」

折れてくれたのだ、とそう分かって、尚人は重い塊《かたまり》を呑み込んだように苦しくなる。

「あの……、僕……っ」

「……よいのだ、尚人。このような短期間で生まれ育った元の世界を捨てる決断など、そう簡単にできるものではない。君の気持ちも考えず、一方的に望みを押しつけるなど、……私が浅はかだった」

ぐっと、一度尚人の指先を強く握って、ルシウスが手を離す。

するりと解けた指先を追いかけそうになって、尚人は己を押しとどめた。

待ってと、そう言いたい。

もう少し考えさせてほしい。

ちゃんと考えて、後悔のない選択をしたい。

——けれど、残された時間はもうそれほどない。

ルシウスを待たせて、本当に自分は彼を選べるのだろうか？

考えて考えて、どちらかを選んだとして、それは本当に悔いのない選択なのだろうか？

なにより、即断できない自分が、待ってほしいなんて言っていいのだろうか？

これほど本気で恋情を捧げてくれるこの人を待たせて、結局彼を選べなかったら……？

「……っ」

俯いてぎゅっと拳を握りしめた尚人に、ルシウスがそっと声をかけてくる。

「すまない……。君を苦しませたいわけではなかったのだ。ただ、君をこのまま帰したくなくて……、離したく、なかった」

あえて過去形で語るのは、ルシウスの気遣いだろう。

ルシウスは湖へと歩み寄ると、岸辺に膝をついた。

そして、林檎を持った手を差し伸ばし——。

「あ……」

ちゃぽん、と水面に沈んだ黄金の林檎に、尚人は思わず声を上げていた。

透き通った湖の中、深い水底に向かって、ゆっくりと林檎が落ちていく。

「……今日のことは、忘れてほしい」

立ち上がったルシウスが、尚人に向き直ってそう告げる。

「といっても、君が帰るまでの間だが……。礼音に、いい思い出を作ってやってほしいのだ。あの子は、君を慕っているから」

礼音のために、とそう微笑むルシウスの顔は、こちらの胸が痛くなるほど切なげで、答えが出せなかった尚人は、頷くほかなかった。

「……案じずとも、私は君を元の世界に帰すと約束した。その約束は、守る」

君を帰さないなどと言い出したりはしない、とルシウスは笑った。

「満月には、きちんと君の記憶を消す。王として、私情に流されたりはしないと、誓う」

帰ろう、とルシウスが手を差し伸ばしかけ、――頭を振って、手を降ろす。

「……すまない」

謝罪の言葉に、尚人は小さく、頭を振った。

手を伸ばしてももう届かないのだと、……届いてはいけないのだと、それだけは分かったから。

黄金の林檎にも、ルシウスの優しい手にも――。


雲ひとつない夜空に、まん丸の月が浮かんでいる。

三週間を過ごした客室の窓から、濃紺の帳《とばり》にちりばめられた星々を見上げ、尚人は静かに目を閉じた。

尚人が飛竜の里を訪れてから、数日が経った。

今宵《こよい》は満月――、尚人が元の世界に帰る日だ。

あれから尚人はずっと悩み続けていた。ルシウスと会うと余計に気持ちの整理がつけられなくなりそうで、あまり顔も合わせられなかったけれど、せめてもとあの日彼に頼まれたように、礼音の前では普段通りに振る舞っていた。礼音はすっかり二人が仲直りしたと思い、喜んでくれていたけれど、さすがにお別れの今日はそうもいかない。

「尚人先生……、ほんとに、かえっちゃうの……?」

朝起きた時からぐすぐす泣きっぱなしの礼音は、尚人の服の裾を摑んだまま、ずっと後をついて回っている。館のエルフたちが開いてくれたお別れの会の間も離そうとしなかったので、心配したエドガーたちが礼音を取り囲んでついてきて、尚人はさながら子沢山なカルガモの親鳥のような有様だった。

けれど、夢のようだったお別れの会も終わり、尚人はこれからルシウスと共に郊外の森へと向かわなければならない。大がかりな魔法を使うため、万が一の危険性を考慮して人気《ひとけ》のない場所へ移動することにしており、尚人は来た時に着ていた衣服に着替えていた。

尚人は礼音を振り返ってしゃがむと、エプロンの端で赤くなった目元を拭いてあげた。

「ごめんね、礼音くん。先生も礼音くんとお別れしたくないけど……、でも、……帰らないと」

「先生がかえるなら、ぼくもいっしょにいく……」

一度は納得したとはいえ、本当に別れるとなるとやはりつらいのだろう。目にいっぱい涙を溜めてそう言う礼音を、尚人はぎゅっと抱きしめた。

「……駄目だよ、礼音くん。君はこっちに残らないといけないんだから」

「や……、やだ、よ……っ、先生といっしょにいたいよう……っ」

しゃくり上げる礼音の背をぽんぽんと叩いてなだめて、尚人はごめんねと小さく繰り返した。

(……僕も一緒にいたいよ)

そう告げたくて、でも告げられなくて、尚人は胸の痛みを必死に堪えた。

目を真っ赤に泣き腫《は》らしている礼音を見ると、本当にこのまま帰っていいのかという思いが込み上げてくる。

本当に、このまま礼音のことを、この世界のことを、……ルシウスのことを忘れてしまって、いいのだろうか。

この数日、尚人はずっとそのことを考え続けていた。

自分はどうしたいのか、どちらを選べば後悔しないのか。

けれど、やはり答えは出ない。今この時でさえ、迷い続けている。

(どうしたらいいのか分からないのは、どっちを選んでも正解じゃないからだ……。でも、それでも僕は、どちらかを選ばなきゃいけない……)

泣きじゃくる礼音の体は温かく、この温《ぬく》もりさえも自分はもうすぐ忘れてしまうのかと思うと、身を切られるようにつらい。

ずっと一緒にいるよと、帰るのなんてやめると、そう言いたくて、……できなくて。

「ぼくのこと、おぼえてて……っ、おとなになったら会いにいくから、だから……っ」

「うん、……うん、会いに来て」

礼音も尚人が記憶を失うことは分かっているが、それでも事あるごとに覚えていてほしいと言ってくれる。正反対のことを願ったあの人——、ルシウスのことを思い浮かべて、尚人はぎゅっと目を閉じた。

（多分本当は、ルシウスさんも……）

礼音と同じように思ってくれているからこそ、忘れてほしいと、記憶を消すと、そう言っていたのだということは、尚人にも分かっている。

だからこそ尚人は、ルシウスの前では迷っていることを悟られないように振る舞っていた。

（ここでのことを忘れたくはない……。でも、だからといって僕は、ここに残ることも選べない……。だとしたらやっぱり、僕は……）

唇を噛んで、尚人は気持ちに整理をつけた。

（……僕は、帰るしかない）

そもそも自分がここに来たこと自体が、イレギュラーだったのだ。

あのハプニングがなければ、自分はルシウスと会うこともなかった。

今ここに自分がいることは必然でなく偶然で、そして自分は結局元の世界を手放すことができないのだから、すべてを無かったことにされるのは仕方のないことだ。

（本当なら、僕がどうしたいと思ったところでどうにもならないことだったはずだ。元通りになることが正しいんだから、僕は黙ってじっと堪えるしかない……）

自分の力でどうにもならないことが起きたら、耐えてやり過ごすしかない。怒っても泣いても、人から悪く思われるばかりで、状況がよくなることは決してない。じたばたしたって、仕方がないと――、そう、思わなければ。

(……ごめんね、礼音くん。……ルシウスさん)

相反する気持ちにどうにか折り合いをつけて、尚人はようやく心を決めた。

そっと礼音を離して、もう一度エプロンの端で涙を拭ってあげる。

帰ると決めた以上は、自分の気持ちを打ち明けるわけにはいかない。

すべてを忘れてしまう尚人と違って、ルシウスの記憶は残る。

答えを迷った時点で、尚人も少なからずルシウスに気持ちがあるのだと、それはきっと彼にも分かってしまっているだろう。けれど、明確に言葉にして伝えてしまったら、ルシウスを縛り付けることになりかねない。

エルフのルシウスは、不老不死だ。

まだこれから長い時を生きるだろう彼を、苦しませたくはない。

(このままなにも言わずに、さよならしよう。……ちゃんと、お別れしなくちゃ)

「……尚人先生、そろそろ……」

部屋に迎えにやって来たリアムの後ろには、ルシウスが立っていた。二人を見上げ、尚人ははい、と静かに頷く。

「礼音くん、先生もう……」

「……やだ」

「……礼音くん」

「だって……、だって、やだよう……」

べそべそと泣く礼音を、リアムが引き離そうとする。

「礼音様、こちらに……」

「やだぁあああっ！　リアムきらい……っ、お父さんも、きらい……！」

泣き叫ぶ礼音を見ていられなくて、尚人はルシウスに頼んだ。

「ルシウスさん……、せめて森まで一緒に行ったら駄目ですか？」

「……仕方あるまい。礼音、よく聞きなさい」

歩み寄ったルシウスが、膝を着き、礼音と目線を合わせて言う。

「お前が尚人先生のことを大好きなのは、よく分かっている。だが、このままお前が先生を独り占めしていたら、ユリ組のみんなは尚人先生にずっと会えないままだ。それに尚人先生には、ユリ組のみんなを見守るという、大事なお仕事がある。……分かるか？」

優しく問いかけるルシウスに、礼音がおずおずと頷く。いい子だな、と礼音の髪を撫で、ルシウスは続けた。

「尚人先生は、お前だけの先生ではない。だから、いくら一緒にいたくても、我《わ》が儘《まま》を言って困らせてはいけない。……尚人のことが好きなら、なおさら我慢しなくては」

まるで自分自身に言い聞かせるようにそう言い、ルシウスは礼音に小指を差し出す。

「だから、私と約束しよう、礼音。私は尚人を無事に送り届ける。だからお前は、森の入り口で先生を見送ってお別れすると約束しなさい。……指切りできるか？」

「……うん」

ひっく、とすすり上げながら、礼音がルシウスに小指を絡ませる。

「ぼく……、ぼく、ちゃんとおみおくり、する。尚人先生とおわかれ……、する」

「ああ。……えらいな、礼音。お前は強い子だ」

ルシウスにぎゅっと抱きしめられた礼音が、こくりと頷き、尚人を振り返る。顔をくしゃくしゃにして駆け寄ってきた礼音は、ぼろぼろと大粒の涙を零しながら尚人にせがんだ。

「せんせ……っ、さいごにおてて、ぎゅってして……」

「うん、いいよ。……はい」

思いきりぎゅーっと尚人の手を摑んでくる礼音の手は、泣いているせいかいつもよりも熱い。礼音はひっくと嗚咽《おえつ》を漏らしながら、もう片方の手でルシウスの服にしがみついた。

「おとうさ……っ、おてて……」

「……ああ」

せがまれたルシウスが、礼音と手を繋いでやる。

「ふ……っ、ふぐ……っ、ひく……っ」

ぼろぼろと泣きながら、それでも二人の手を離すまいとぎゅーっと握りしめて、礼音が歩き出す。後ろからついてきたリアムと四人で森へと向かいながら、尚人はふわふわと宙を舞う星の花に照らされた礼音を、ルシウスをじっと見つめた。

こうして三人で手を繋いでいると、まるで本当の親子のようだ。

（……この人たちと、家族になりたかった）

思いが口をついて出てしまいそうで、尚人はぐっと唇を噛む。

他の誰でもなく、ルシウスと、礼音と、家族になりたかった。

こんな気持ちになったことは初めてで、こんなに大切な気持ちを自分は忘れてしまうのだと思うと、胸が張り裂けてしまいそうに痛む。

急速に周囲が色褪《いろあ》せていくようで、嫌だと泣きわめいてしまいたいくらいで。

（……でも、もう決めたことだ）

そう自分に言い聞かせながらも、つい願ってしまう。

せめて、彼らのことを忘れずにいられないだろうか。

この光景を、いつまでもひっそり胸の奥にしまっておくことはできないだろうか――。

「……着いたぞ、礼音」

森の入り口に辿りついたところで、ルシウスが礼音に声をかける。

「約束だろう？　ちゃんと、手を離しなさい」

そう言うルシウスに頭を振った礼音が、ぎゅーっと一層強く手を握ってくる。

その小さな手は、先ほどよりずっとずっと熱く、燃えるようで――。

「……礼音くん、もしかして……！」

ハッとして、尚人は慌ててしゃがみ込むと、礼音の額に手を当てた。

「やっぱり、熱がある……！」

「なんだと⁉　本当か、礼音！」

尚人の一言に、ルシウスとリアムが血相を変える。だが礼音は、ぜいぜいと呼吸を荒らげながらも必死にその小さな頭を横に振った。

「だいじょう、ぶ……っ、ぼく、ちゃんと先生をおみおくり……」

けれど、言い終わるより早く、ふらりとその場に倒れそうになってしまう。すかさずルシウスが礼音の細い体を抱きとめて事なきを得たが、仰向《あおむ》けになった礼音はそれと分かるほど真っ赤に上気した顔をしていた。

しかも、ぐったりと力の抜けた礼音の体は、見る間にぶるぶると震え出す。

「……っ、この症状は……」

呻いたリアムが、さっとルシウスに視線を移す。

ルシウスは口の中で素早く詠唱を唱えると、片手を礼音の胸元に翳《かざ》した。けれど、ルシウスの手がいくら淡いオレンジ色に光っても、礼音の呼吸は荒くなるばかりで、魔法が効いているようにはとても見えない。

「ルシウスさん……っ、礼音くんは……」

汗の浮いた礼音の額をハンカチで拭った尚人は、ルシウスの顔を見上げて驚いた。目を見開いたエルフの王は、驚愕《きょうがく》と絶望に顔を青ざめさせていたのだ。

呻くように、ルシウスが呟く。

「……ユリコとローランドと同じ症状だ」

それが一年前に流行った死病のことだと知れて、尚人は思わず息を呑んだ。更にリアムがぼろぼろ涙を流しながら言う。

「あの時、この病にかかった子供のほとんどが、命を落としました。まだ幼い子供は、病の進行が特に早いらしく……、中には一晩で亡くなる者も……」

このままでは礼音様も、とその先を言えずに、リアムが黙り込んで嗚咽を漏らす。

尚人は、ルシウスの腕の中で苦しそうに息をする礼音を見つめて唇を噛んだ。

(いつから発症してたんだろう……。手が熱いのは、ずっと泣いてたからだとばかり思ってた……！　僕が、もっと早くに気づいてあげられてたら……！)

自分は幼稚園教諭なのに、子供の不調に気づくのが遅れるなんて。

けれど、そうして悔やむより先にと顔を上げ、尚人は立ち上がってルシウスを促した。

「ルシウスさん、早くドラゴンを呼んで下さい！　黄金の林檎を採りに行かなければ……！」

あの林檎は万病に効くと、ミレーヌはそう言っていた。

一年前も、ルシウスがあの林檎でエルフたちの危機を救ったのだと。

——しかし。

「だ……、め……っ」

か細い声が、尚人を遮る。

ルシウスの腕の中、もう目を開けるのもつらそうにしながら、礼音が苦しげに訴えた。

「せんせ……、帰れなく、なっちゃう……」

「……礼音くん」

「ぼく……、ちゃんと、おみおく、り……」

する、と譫言《うわごと》のように呟く礼音の眦《まなじり》から、ぼろぼろと涙が零れていく。その涙を拭ってやったルシウスが、礼音の手をぎゅっと握りながら頷き返した。

「ああ……、ああ、分かった、礼音。すぐ尚人を送り届けて、飛竜の里へ……」

だが、言葉の途中で、礼音の手がするりと落ちてしまう。

「礼音……⁉」

「礼音くん！」

最悪の事態を想像し、真っ青になった尚人だったが、どうやら礼音は気を失っただけらしかった。だが、眉を寄せ、先ほどよりも一層苦しげに呼吸をしている様子は、とても安堵できる状態ではない。

尚人は咄嗟に叫んでいた。

「ルシウスさん、今すぐ飛竜の里へ……！」

「……尚人」

驚いたように目を見開くルシウスを、尚人はまっすぐ見つめ返した。

「僕のことは後回しでいいですから、早く！」

「で……、ですが……っ」

うろたえた声を上げたのは、同じく真っ青な顔をしたリアムだった。

「ですが、今飛竜の里へ行けば、時を逃します。また次の満月まで待つことに……」

混乱しきった様子でそう言うリアムに、尚人は思わず怒鳴り返していた。

「なにを言っているんです！　礼音くんの命が一番大事に決まってるでしょう……！」

爆発した感情の抑えがきかなくて、ぐわんと耳鳴りがする。

それでもやめようとは、堪えようとは思えなくて、尚人は両の拳を震えるほど握りしめ、激情のままに叫んだ。

「僕だって……っ、僕だって、礼音くんが大事なんです！　こんな状態の礼音くんを放っておいて帰ることなんて、できない！　たとえ忘れてしまうとしても、できません……！」

選べないのだから帰らなければならないのだと、一度はそう思った。

でも、一刻を争うこの状況で、自分が元の世界に帰るために礼音を後回しにするなんて、できるはずがない。

（僕には魔法は使えないし、自分の力で元の世界に戻ることもできない……。こんなに苦しそうにしている礼音くんを、治してあげることもできない）

でも、それでも、自分の力ではどうにもならないなんて、思えない。

怒っても泣いても状況がよくなるわけではないのだから、耐えてやり過ごそうなんて、思えるわけがない。

自分の大事な人を助けたいのなら、声を上げなければ。

――手を、伸ばさなければ。

「お願いします、ルシウスさん……！　早く、ドラゴンを呼んで下さい！　今すぐに！」

摑みかからんばかりの勢いで訴える尚人に、ルシウスが一瞬目を見開く。だが、すぐにすっと表情を改めると、ルシウスはリアムに素早く指示を出した。

「……リアム。礼音を頼む。館に連れて帰ってくれ。……すぐに戻る」

駆け寄ってきたリアムに礼音を預けたルシウスが、立ち上がり、目を閉じて詠唱を始める。ほどなくして、遠い空の向こうからドラゴンの羽音が響いてきた。

月光を遮る大きな影が飛来すると同時に、ルシウスが尚人に手を差し伸べてくる。

「尚人、君も来てくれ。君も一緒に、長に願いを捧げてほしい」

「はい……！」

頷いて、尚人はルシウスと共にドラゴンの背に乗り込む。

(待ってて、礼音くん……！)

月明かりに照らされた礼音を見つめながら、尚人は花の都の上空へと舞い上がるドラゴンの上、ルシウスの背中にしがみついた——。


すりおろした林檎をスプーンですくい、尚人は礼音の口元にそれを運んでやった。

「……礼音くん、ほら。林檎だよ」

「ん……」

ルシウスに背中を支えられた礼音が、こくりと林檎を嚥下《えんか》する。固唾《かたず》を呑んで見守りながら、二口、三口とすりおろした林檎を与えた尚人だったが、礼音はやがてうっすらと目を開けると、弱々しいがはっきりとした声で尚人にねだった。

「せんせ……、ぼく……、ぼくね、うさぎさんのリンゴがいい……」

「……っ、礼音くん」

まだぼうっとした顔つきだが、その呼吸は先ほどよりも確かにやわらいでいる。

見上げると、ルシウスが微笑みながら頷いて言った。

「もう大丈夫だ。……礼音、少しじっとしていなさい」

礼音の胸元に片手を翳したルシウスが、静かに詠唱を唱える。ほわ、と淡いオレンジ色の光が礼音を包み込み、目に見えて礼音の顔色がよくなっていった。

「リアム、礼音にリンゴを剝《む》いてやってくれるか。……うさぎにするのは、私には難しいだろうからな」

ルシウスの軽口に、尚人もほっと肩の力を抜く。ぼたぼたと安堵の涙を流しながら、リアムが何度も頷いた。

「はい……っ、はい！　礼音様、すぐにうさぎさんにお剝きしますね……！」

残りの林檎を手にしたリアムが、ルシウスと尚人ににっこりと笑いかけてくる。

「お二人とも、本当にお疲れさまでした。あとは私にお任せください」

どうぞゆっくりお休み下さいと言われて、ルシウスが頷いた。

「ああ、では頼む。なにかあったら、すぐに呼ぶように。……尚人、こちらに」

ルシウスに促されて、尚人は隣接している居間へと移った。

ぱたんと閉めた扉に寄りかかり、安堵のため息をつく。

「よかった……。礼音くん、もう大丈夫なんですね？」

「ああ、もう心配はない。あの病の厄介なところは、治癒の魔法が効かなくなるところなのだが、黄金の林檎を食べれば魔法が効くようになる」

礼音にもしっかり治癒の魔法を施した、と微笑み、ルシウスが改めてお礼を言ってくる。

「……君のおかげだ。ありがとう、尚人」

「僕は、なにも」

頭を振る尚人に、ルシウスがいいや、と目を細める。

「君が迷うことなく林檎を採りに行こうと言ってくれたおかげだ。もう少し遅れていたら、どうなっていたか分からない……」

きっとルシウスも緊張していたのだろう。ほっと肩の力を抜いたのが分かって、尚人も本当によかったと胸を撫でおろした。

カーテンが開けられているバルコニー越しの外は、もう夜が明け始めているようだった。

地平線をほのかに照らす太陽の光の中、星の花がふわりと躍り、一つ、また一つとゆっくり溶けるように消えていく。

毎晩のように語らっていたソファのサイドテーブルには、いつもの蜂蜜酒の隣に黄金の林檎が置かれている。礼音に食べさせたものとは違うその林檎は、尚人の手に落ちてきたものだ。

飛竜の里で、尚人たちは二つ、林檎を手に入れていた。

常春の楽園に棲む飛竜の長は、尚人とルシウス、それぞれに林檎を授けてくれたのだ。

「……君が、私と同じくらい強く、礼音の無事を願ってくれたからだ」

尚人の視線に気づいたのだろう、ルシウスがそう言って歩み寄り、林檎を手にする。艶々と光る黄金の林檎を見つめたルシウスは、ため息混じりに尚人に謝ってきた。

「すまない、尚人……。君を送り返すのが、次の満月になってしまった」

「……いいえ。僕がそうしてほしいって頼んだことですから」

暁の空に沈みゆく月はすでにほの白く、その姿は消えかけている。今からではもう、尚人の記憶を消して元の世界に送り返すことはできない。

（それに、たとえ次の満月が来たとしても、僕は……）

淡く光る月を見つめて、尚人は心を決めた。

ここでのことを忘れたくない。

でも、ここに残ることも選べない。

けれど、だから帰るしかないなんて、もう思えない。

どちらを選んでも正解じゃないと分かっているのなら、諦《あきら》めずに別の道を探したい。

選ばない、道を。

（……それには、やっぱり……）

考えを巡らせていた尚人は、そこでルシウスが自分の方に向き直ったのに気づいて顔を上げる。ルシウスは尚人を見つめ、静かに切り出した。

「……君は礼音の命の恩人だ、尚人。私は礼音の父として、君になにか礼をしたい。もし君が望むなら、ここにいる間だけでなく、元の世界に戻ってもなに不自由なく生きていけるよう、祝福の魔法を……」

「いいえ、ルシウスさん」

頭を振ってルシウスを遮り、尚人はまっすぐ彼を見つめると、緊張しながらも告げた。

「……他の魔法はいりません。僕の望みは、今すぐ元の世界に帰ることだけです」

「尚人……」

一瞬言葉を失ったルシウスが、眉間に皺を寄せて頷く。

「……分かった。それが君の願いだというのなら、たとえ月の力を借りられなくても、なんとかして君の記憶を消して、元の世界に……」

まるで心臓を思いきり握られたように苦悶の表情を浮かべるルシウスに、尚人はかみ砕いて説明した。

「そうじゃなくて……。『元の世界に帰る魔法』だけ、かけてほしいんです。……記憶を消す魔法はかけずに、ただ単に僕を送り返すだけなら、満月でなくてもできるはずですよね？」

「それは……、……できる、が」

尚人の言葉の意味を探るように、ルシウスが戸惑いながら問い返してくる。

「礼音を救ってくれた君ならば、たとえ記憶が残ったまま元の世界に帰したとしても、他のエルフたちも文句は言うまい……。だが、君はそれほど……、それほど、元の世界に帰りたいのか？　こちらの世界にいたくない理由は、……私が君に、想いを告げたからか……？」

「そんな、違います……！　誤解です」

思わぬ方向の問いかけに、尚人は慌ててそれを否定した。

「僕はこっちの世界にいたくないわけじゃない。むしろずっといられたらいいのにって、そう思っています」

「だったら……」

何故、と訝《いぶか》しげな顔になったルシウスに、尚人はこくりと喉を鳴らして、告げた。

「……ずっといるために、一度帰りたいんです」

「ずっと……？　それは……、それは、どういう意味だ？」

尚人の言葉に、ルシウスがじりじりと焦《じ》れたような気配を滲ませる。尚人は緊張しながらも、一歩、ルシウスに近づいて言った。

「……気づいたことが、あるんです」

聞いてくれますか、とそう問いかけると、ルシウスが頷く。尚人は自分の胸の中の想いを確かめるように、ゆっくりと心を言葉に紡いでいった。

「あなたは、僕が森でモンスターに襲われかけた時、自分の気持ちに気づいたと言ってくれました。失うかと思ったあの時、かけがえのない存在なのだと気づいた、と。……僕も、同じでした」

「……同じ？」

「はい。礼音くんを失うかもしれないと思った時、気づいたんです。……礼音くんとあなたのことだけは、絶対に失いたくはない存在なんだって。僕にとっても、二人はかけがえのない存在なんだって」

ルシウスが、その宝石のような翠の瞳を見開き、大きく息を呑む。

尚人はまっすぐルシウスを見つめ、覚悟を決めて、想いを伝えた。

「……好きです、ルシウスさん」

「な、おと……」

「僕もあなたが、好きなんです」

緊張で強ばる足でルシウスに歩み寄って、尚人は正面から彼を見上げた。

「……あなたが家族になりたいと言ってくれて、嬉しかった。一緒に礼音くんを育てていきたいと言ってもらえて、本当はすぐにも頷きたかった。……でも僕は、元の世界に残してきたユリ組の子たちのことを放り出すことはできない」

礼音が倒れたあの時、このまま戻ったら後悔すると思った。

礼音を放置して戻ることなんて、できない。

ルシウスに想いを告げずに戻ることなんて、できない、と。

すべて忘れてしまうその瞬間、きっと自分は後悔する。

ルシウスに想いを告げなかったことを、礼音を助けるために手を尽くさなかったことを、二人と一緒に歩んでいく道を模索しなかったことを、必ず後悔する。

――だが、向こうの世界のことを放り出したままここに残っても、必ず後悔するだろう。

「あの子たちも、僕にとっては大事な家族なんです。ちゃんと、卒園まで見守りたい。だから……、だから、今は……」

声が震えてしまって、尚人はぎゅっと拳を握りしめた。

覚悟を決めたとはいえ、この先を言っていいのだろうかと躊躇《ためら》ってしまう。もうずっと欲しくてたまらなかったこの温もりに、自分は本当に手を伸ばしていいのだろうかと少し臆病になりかけて――、けれど、尚人はルシウスの言葉を思い返した。

『君は、誰から愛されてもおかしくない、美しい心の持ち主だ。今までの不幸から、自分が誰からも愛されないなどと思うのはやめなさい。事実、私は君を愛しているのだから』

(……僕は、この人のことが、好きだ)

自分が美しい心の持ち主なんて、そんな自負はまだ持てないけれど、でも、ルシウスが想ってくれる自分に、少しは自信を持ちたいと思う。

手を伸ばす勇気を。

愛して下さいと、そう告げる勇気を。

「……今は、待っていて、くれませんか」

あの日言えなかった言葉を唇から押し出して、尚人はルシウスをじっと見つめた。

何度も喉を嚥下して、必死に言葉を紡ぐ。

「……僕は、あなたと一緒に、この世界で……、生きていきたい。だから……、だから、花の都に林檎が実る春に、半年後に、僕を迎えにきてほしいんです」

「尚人……」

「り……、林檎はその時に、食べます。……あなたがその時も、僕を……、僕を、家族に、望んでくれるのなら」

震える手を上げ、黄金の林檎ごと、両手でルシウスの手を包み込む。

ぎゅっと、自分から繋いだ手は温かくて、その温もりに、泣きそうになった。

「だから、今は……、待っていて、くれませんか？」

いくらルシウスが自分を好きでも、こんな勝手な願いは聞き届けられないかもしれない。

この手を振り解かれたらどうしよう。

待てないと言われたら、どうしよう。

不安で押し潰《つぶ》されそうになりながらも、掠れた声を押し出し、懸命にそう問いかけた尚人に、ルシウスは——。

「ああ……！　いくらでも……っ、いくらでも待つ……！」

叫ぶなり、尚人の肩をぐいっと引き寄せ、抱きしめてくる。

次の瞬間、唇を奪われて、尚人はその甘い感触にぎゅっと目を閉じた。

「……っ、ん……！」

尚人、と何度も囁きながら、ルシウスが尚人の唇を啄《ついば》んでくる。

確かめるように角度を変えてやわらかく唇を喰み、しっとりと吸い上げ、熱い舌で舐めくすぐられて、尚人はすがるように林檎を握りしめながらそのくちづけに身を震わせた。

「愛している……、愛している、尚人」

「あ……、ん、ん」

自分の心が全部、ルシウスに向かっているのが分かって、息をするのもいっぱいいっぱいで、囁きにもキスにも、うまく応えることができない。

ただ、触れた唇が、手の温もりが、嬉しくて、……嬉しくて。

長いくちづけを解き、ルシウスがじっと尚人を見つめてくる。

尚人の髪に指を差し入れ、親指で慈しむように目元を、頬を撫でながら、ルシウスは確かめるように聞いてきた。

「尚人……、よいのだな？　私と共に生きることを選べば、君は……」

じっと視線を注ぎ込まれ、尚人はぎこちなく、しかし確かに頷いた。

「はい。それでも僕は……、あなたが、好きだから」

だから、と開いた唇に、ルシウスが唇を重ねてくる。

「尚人……！」

「ん……、んっ、んう」

深くまで潜り込んできたなめらかな舌に翻弄《ほんろう》され、尚人の手からはいつの間にか林檎が転がり落ちてしまっていた。なにもかもをかなぐり捨てるようなくちづけに、すぐに夢中にさせられてしまった尚人は、塞ぐもののなくなった手でルシウスの長い衣にぎゅうっとしがみつく。

いつの間にか足も手も、緊張ではない、別の理由で震えてしまっている。

このままでは立っていられなくなってしまいそうで、それでもやめたくはなくて、膝を震わせながらも激しいキスを受け入れていた尚人だったが、その時、不意にルシウスの唇が離れていった。

「ル、シウス……、さん……？」

思わず荒い息を弾ませて問いかけると、ルシウスは目を細め、親指の腹でそっと、尚人の濡れた唇を拭ってきた。

「……君の願いはすぐにも叶えたいが……、魔法をかけるのはあと一日、待ってほしい」

「え……」

どうして、と目を見開いた尚人に、ルシウスは苦笑を浮かべると低く甘い囁きを落としてきた。

「今日この一日を、私にくれないか。……離れてしまう前に、尚人のすべてがほしい」

「……あ……」

「……君を、抱きたい」

嫌か、と問う声が、見つめてくる視線が、怖いくらい真剣で、熱くて――。

「……じゃ、ない、です」

それだけ言うのがやっとで、顔を真っ赤にしたまま俯いてしまった尚人に、ルシウスがくすりと笑う。

「……おいで、尚人」

差し出された手に、尚人ははにかみながら手を伸ばした。

しっかりと自分を繋ぎとめてくれる手の温もりが嬉しくて、愛おしくてたまらなかった。


初めて入るルシウスの寝室は、客室よりも更に広く、豪奢《ごうしゃ》なものだった。

天井まである窓から入り込んだ淡い星の花がふわふわと舞い、壁に配置された背の高い本棚や、金の縁飾りのついた調度品を照らしている。床には全面に毛足の長い絨毯が敷かれ、尚人がすっぽり埋まってしまいそうな大きなソファの前には、居間と同じようにレンガ造りの暖炉があった。

「……こちらだ」

奥にある天蓋つきの大きなベッドへと手を引かれて誘《いざな》われ、尚人はもつれそうな足でどうにかついて行きながらルシウスに訴える。

「あの……、あの、僕、男性と、その……、こういうことをするのは、初めて、で……」

さすがにこの年齢なので、尚人にも男同士のセックスがどのようなものなのかくらいは知識がある。抱きたいとはっきり言っていたし、すべてが欲しいと言っていたルシウスは、きっと尚人を最後まで抱くつもりだろう。

知識はあっても経験はないし、自分よりよほど男性的なルシウスを押し倒す自信はないから、今更抱く側がいいと言うつもりはない。

だからと言って、同性に抱かれることに戸惑いを覚えないわけではない。今まで女性とし か付き合ってこなかった尚人は、自分が抱かれる側になることなど、考えたこともなかったのだ。

（ど……、どうしよう。いきなりで本当にできるもの、なのかな……？　もしも、うまくできなかったら……？　いや、それ以前に、がっかりされたら……）

ルシウスのような美丈夫ならともかく、自分はとりたてて美形というわけではないし、体に自信があるわけでもない。加えて、どちらかというとこれまで性に対して淡泊だったから、技巧めいたことも知らない。

（やっぱりこれも、半年待ってって言うべき……？　ちゃんと調べたり、準備してからした方がいいんじゃ……）

だんだん不安になってきて、ぐるぐると考えを巡らせるあまり、後ろ向きになり始めた尚人だったが、ルシウスはそんな心情もお見通しらしい。尚人をベッドに座らせると、その隣に座って苦笑を浮かべる。

「……そう心配しなくとも、無理矢理になどしないし、尚人が嫌なことはしない。すべてが欲しいとは言ったが、それは私の望みだ。これは気持ちを確かめるための行為なのだから、最後までですることに意味があるのではない」

ゆっくり尚人の髪を撫で、つむじにキスを落としながら、ルシウスが穏やかに微笑む。

「君をこうして抱きしめて、髪を撫でて、キスをして……、それだけでも、私の心は満たされる。もちろん、尚人が許してくれるのなら、君がまだ誰にも許したことのない場所まで触れたいし、繋がりたいが、それが目的ではない。私にとっては尚人と触れ合う、そのことに意味があるのだ。……私の言いたいことが、分かるか？」

「ぁ……、は、はい」

聞かれて、尚人は頬を赤らめながら頷いた。

こんなに想ってくれている人相手に、がっかりされたらなんて思うこと自体が失礼なことだったのだと気づいて、恥ずかしくなる。

（うまくできなくても、いいんだ。……この人となら）

そう思ったら、なんだか気負っていた気持ちがすとんと落ち着いて、尚人はようやくほっと肩の力を抜いて微笑んだ。

「僕も……、もっと触れ合いたいです。あと、……キス、も」

初めての行為に不安や戸惑いはあるけれど、好きな人に触れたいのは自分も同じだ。尚人が照れながらもそう告げると、ルシウスが嬉しそうに目を細めながら、手を繋いできた。

「ああ、私もだ」

たくさんしよう、と唇の上で囁きが弾け、しっとりとした感触に覆われる。

吸って、噛んで、優しく開かされた唇を舐められて、尚人はルシウスの手をぎゅっと握り返し、夢中で甘いキスに応えた。

「ん……、ん、ふ……」

角度を変える度に、ルシウスが何度も手を繋ぎ直してくる。そっと大切そうに握られたかと思うと、指先を撫でられ、指の間の敏感な薄い皮膚をくすぐられて、その度に走る快感に翻弄された尚人は、すっかりくちづけに集中できなくなってしまった。

「んぅ、ん、んん……」

「ん……、ほら、尚人。もっとキスしたいのだろう?」

くすくすと笑われて、悔しくて涙目で睨《にら》むと、すうっと目を細めたルシウスが力の抜けた舌をきつく吸い上げてきた。不意打ちにびくんと跳ねた肩が恥ずかしくて、尚人はルシウスの胸元を押してくちづけを解くと、濡れた口元をぐいっと手の甲で拭う。

「も……、い、意地悪です、ルシウスさん」

さっきあんなに思いやり深いことを言っていたのにと視線で咎《とが》めると、ルシウスがふうとため息をついて尚人の目元にくちづけてくる。

「……意地悪はどちらだ。あんな目で睨まれて、その気にならぬ男がいるのなら教えてほしいものだな」

「そ……んな、つもりじゃ……」

思いがけないことを言われて、驚いてしまう。

けれど、ルシウスの深いエメラルドグリーンの瞳は、紛れもない情欲に濡れ光っていて、尚人はその熱い視線にどぎまぎしながらも問いかけた。

「あの……、僕で本当に……、その気に、なりますか?」

「……尚人」

一瞬目を瞠ったルシウスが、するりと尚人の背中に手を回し、エプロンのボタンを外してしまう。

「え……っ、あの」

「……優しくしてほしいのなら、あまり私を煽《あお》らないことだ」

「あ……、あ、わ」

驚いている間に頭からエプロンを脱がされてしまい、その下に着ていたカットソーにも手をかけられる。思わずルシウスの手首を摑んだ尚人だったが、ルシウスはじっと尚人を見つめて囁きかけてきた。

「……嫌か?」

「ぁ……」

ひっくり返ったみたいに早鐘を打つ心臓が、今にも口から飛び出てしまいそうな気がする。何度も喉を嚥下しながらも、尚人が首を横に振り、そっと手を外すと、ルシウスが褒めるように目元にくちづけ、服を脱がせてきた。

「ん……」

頭から脱がされながら、唇を重ねられる。そのままキスされながらベッドに横たえられ、ベルトにも手を伸ばされて、尚人は目を回しそうになりながらも慌てて訴えた。

「ぼ……、僕ばかりじゃ、なくて……っ、ルシウスさん、も……!」

「……分かった」

ふ、と笑ったルシウスが、重そうな長衣を次々に脱いでいく。

あらわになったルシウスの体は、その優雅な物腰からは想像がつかないほど逞《たくま》しく、みっしりと厚い筋肉に覆われていて、尚人は途端にカーッと頬を染めてしまった。

同じ男の体なのだからと思おうとするのに、するりと肩を滑り落ちる衣に心臓がドキドキしすぎて、とてもまともに見ることができない。

相手の裸を見るのが恥ずかしいと思うなんて初めてのことで、それだけ自分はこの人のことが好きなのだと思うと、先ほどのキスで火が点《つ》いた体がもっと熱くなって、それがまた恥ずかしくて。

結局ぎゅっと目を閉じ、ベッドの上で身を縮めてしまった尚人に、一糸まとわぬ姿になったルシウスは苦笑しながら覆い被《かぶ》さってきた。

「君が望んだから脱いだというのに、何故君が恥じらうのだ？　見なくてよいのか？」

「それは……、……だって」

視線を泳がせながら、拗《す》ねた声で言い淀《よど》むと、ルシウスが肩先にキスを落としてくる。

低い声が、甘い囁きを紡いだ。

「……私は尚人のすべてが見たい」

「ぁ……、ま……っ、待って、下さ……」

「待てぬ。……嫌なら嫌と、言いなさい」

そう言わないのならやめない、と宣言したルシウスが、再度ベルトに手をかけてくる。

（嫌じゃ、ない……、けど、でも……、でも）

「……っ、ぁ、うう」

結局なにも言えないまま、尚人は下着ごと下半身を裸に剝かれてしまった。自分の貧弱な体が恥ずかしくて、もうすっかり興奮してしまっているそこが恥ずかしくて、ますます背を丸めた尚人に、ルシウスが優しい声で促してくる。

「尚人……、こちらを向いてくれないと、君を抱きしめられない」

「ぅ……」

「私のことは、『ぎゅー』してくれないのか？」

からかうようにそう言われて、尚人は真っ赤な顔のまま、ままよとルシウスに向き直り、その厚い体に両腕で抱きついた。くすくすと満足そうに笑ったルシウスが、耳元に、こめかみに何度もくちづけながら、浮いた尚人の背を支えるように抱きしめてくる。

お互いの背を抱きしめ、熱くなめらかな肌をぴったりと重ね合わせた途端、言いようのない充足感が込み上げてきて、尚人は肩を震わせた。

同じ想いを抱いたのだろう。

ああ、と感嘆するようなため息が、ルシウスの唇から漏れる。

「……こんなにも、誰かを愛おしく思う日がくるとはな……」

「ルシウスさん……」

「私が、そばにいる。……君をもう、一人にはしない」

よいな、とそう問われて、尚人はますます強くルシウスにしがみつき、何度も頷いた。

「はい……、はい、僕もあなたが……、ルシウスさんが、いいです」

尚人、と目を細めたルシウスが、深くくちづけてくる。口腔《こうこう》を優しく探られながら髪を、耳を撫でられ、じわじわと湧き上がってくる心地よさにたまらず尚人は腰を揺らした。

と、濡れた熱いものが、自分のそれと擦れ合うのに気づいてしまう。

「……っ、あ……」

「……一緒に、尚人」

カアッと耳まで赤くなった尚人をベッドに横たえたルシウスが、尚人の手を取り、一度指先にくちづけてから、二人の体の間に導く。

「あ、え……、ちょ……っ」

「『待て』は聞かぬからな」

先回りして釘を刺したルシウスが、尚人の手に自分の手を重ね、そのまま二人の性器をまとめて扱き出す。

ぬるりと擦れるその大きさに、はぁ、と熱い吐息を零すルシウスの悩ましげな表情に、形のいい唇からちろりとのぞく舌の艶めかしさに、尚人は目を回しそうなほど焦り、混乱してしまった。

「ま、待って下さ……っ、ま、あ、あ……っ」

「っ、尚人……っ」

「んん……！」

惑乱のあまり釘を刺されたことも忘れて、どうにか制止しようと懸命に訴える尚人の唇を、ルシウスが奪う。

舌をねじ込まれ、唇をきつく吸い上げながらきつくそこを扱き立てられて、尚人はあっという間に頭が真っ白になってしまった。

手の中で、びくびくとルシウスの熱塊が脈打つのが分かる。一気に大きさを増した猛《たけ》りが、ぐいぐいと自分のそれを擦り、押し潰さんばかりにいじめてきて——。

「んぅ……っ、ん、く……！」

とろりと伝い落ちてきた、どちらのものとも知れぬ蜜で濡れた手のひらが、ぐちゅぐちゅといやらしい音を立て始める。

こんなに興奮しているのが恥ずかしくてたまらないのに、どろりと蕩かされた理性ではもう、卑猥《ひわい》に動く手をとめられなくて。

「ん……、両手でできるか、尚人……？」

くちづけを解いたルシウスにひそめた声で唆《そそのか》されて、尚人は熱に浮かされたように小さく頷き、おずおずともう片方の手もそこに伸ばした。二人分の熱をぎゅっと握って上下に動かすと、鮮烈な快感が腰の奥に走る。

「ん……っ、あ、んん……！」

ルシウスの手が離れたのにも気づかず、拙《つたな》く腰を揺らしながら夢中で快楽を追いかける尚人を、ルシウスはじっと見つめてきた。味わうようにゆっくり目を細め、ぺろりと尚人の唇を舐めて、呻くような呟きを漏らす。

「……たまらぬな……」

「……っ」

その低い声に、濡れた瞳に、ぞくりと背筋が痺れて、尚人は思わず手をとめ、息を呑んで震え上がってしまう。

見上げた美しい顔に浮かんだ欲情の気配に、それだけでのぼりつめてしまいそうで——。

「ぁ……、ぅ……」

「……どうした？　もっと、してくれぬのか？」

小さく喘ぐので精一杯の尚人を、ルシウスが囁きで絡め取ってくる。

するりと上げた手で尚人の胸元を撫でたルシウスは、そらすように突き出された胸の先の尖《とが》りを長い指先で捕らえると、くりくりと弄《いじ》ってきた。

その途端、じん、と覚えのある甘い痺れが走って、尚人は焦ってしまう。

「ぁ……っ、や、あ、それ……っ」

いや、と頭を打ち振る尚人に、ルシウスがそっと聞いてくる。

「ん……、嫌か？　何故だ？」

「……って、だって、それ、されたら、すぐ……っ」

花粉でおかしくなったあの時も、ルシウスにそこを弄られた自分は、すぐに追い上げられてしまった。

「すぐ、イっちゃ……ぅ、から……っ」

びくびくと腰を震わせて答える尚人に、ルシウスがすうっと瞳を細める。

「だから、煽るなと……！」

唸るなり、やおら胸元に屈《かが》んだルシウスに、尚人は目を瞠った。

「な……っ、あ、ひうっ」

赤く尖った乳首に、ルシウスが唇を寄せる。あ、と思った時にはもう、思い切り吸い上げられていて、尚人は駆け抜けた快感になすすべもなくさらわれた。

「ぁ、ひ……っ、んんんー……っ！」

だめ、だめ、と両手でそこをぎゅうっと握って押さえるのに、びゅくびゅくと白蜜が噴き上がるのがとめられない。

射精の間もずっと乳首を舐めしゃぶられ、舌で転がし、きゅうっと吸われ続けて、尚人はいつまでも続くその愛撫に翻弄された。

「あ……、は、う、う……」

「ん……、……尚人」

ルシウスがようやく顔を上げたのは、尚人が激しい絶頂にくったりと脱力しきってからのことだった。荒い呼吸を繰り返す尚人の唇を慈しむように喰み、なだめるように舌をやわらかく吸いながら、強ばった手を解かせる。

ぐったりと放心していた尚人は、体を移動させたルシウスが、白濁に汚れた自分の手にくちづけてきたのに気づき、我に返って慌てて起き上がった。

「な……っ、なにして……っ」

「君の精液を味わっている」

「な……」

あまりにストレートな台詞《せりふ》に、言葉が出てこない。

真っ赤な顔で固まってしまった尚人をいいことに、ルシウスは尚人の蜜をすべて舐めとると、そのまま腿《もも》を押し開いてきた。

「やめ……っ、ルシウスさんっ！」

「今更だろう。……もう遅い」

「あっ、ひ……っ」

ぬぷん、と力を失いかけていた花芯を含まれて、尚人はびくんと全身を震わせた。そのまま ぬぷぬぷと唇を使って巧みに扱き立てられ、あっという間にまた張りつめさせられてしまう。

（あんな、綺麗な顔が……）

整ったルシウスの顔が自分のそこでいやらしく上下に動き、形のいい唇が自分のそれを咥えている光景に、目の前がくらくらする。

「だ……、め、だめ……っ」

恥ずかしさでどうにかなってしまいそうで、必死に制止しようとする尚人だが、ルシウスはやめるどころか、一層激しく愛撫してくる。絡みつき、扱き立ててくる舌に翻弄され、尚人は息も絶え絶えに腰を震わせて抗議した。

「ぁ……っ、だ、めって……っ、言ったら、やめる……っ、って……っ」

「ん……、私は嫌と言わないならやめない、と言ったのだ」

顔を上げたルシウスが、片手でぬくぬくと性器を擦り立てながら屁理屈《へりくつ》をこねる。

「それに、尚人も本気で嫌ではない、だろう……？」

「それ、は……っ、あ……」

答えを待たずして、ルシウスが足の奥へと顔を埋めようとしてくる。なにをしようとしているか察して、尚人はこればかりはと必死に制止した。

「ちょ……っ、待って！　待って下さい、それは嫌……っ」

「……尚人」

「ほんとに、それだけは……っ」

そんなところをルシウスに舐められるなんて、考えただけで卒倒しそうになる。

涙目で懇願した尚人に、さすがにルシウスも顔を上げてくれた。

「分かった。……だが、濡らさなければ君が痛い思いをする」

力を抜いていろ、と言ったルシウスが、尚人の下腹に手を翳し、口の中で短く詠唱を唱える。次の瞬間、後孔からとろりとなにかが溢れてきて、尚人は目を見開いた。

「え……、えっ、これ……っ、あ……っ、あ、あ」

驚いている間に忍び込んできた指が、蕩けた後孔にぬぷりと押し込まれる。魔法で十分に潤ったそこは、ルシウスの長い指を根元まで一息に呑み込んでしまい、尚人は思いもしなかった自らの体の反応に惑乱した。

「こ、んな……、こんな、あ、あ……っ」

舐められるのも恥ずかしすぎて耐えられないと思ったけれど、こんな魔法を使われるなんて、恥ずかしくてたまらない。真っ赤になってうろたえる尚人に、ルシウスがからかうような笑みを浮かべる。

「今度の時は、舌で蕩かされるのとどちらがいいか、君に選んでもらおう」

「そ……っ、そんな、の……っ、あ、ん……っ」

深くまで入れられた指でゆっくりと中を探られて、言葉の続きが言えなくなる。んん、と唇を噛んで身を震わせた尚人に、ルシウスが艶めいた声で囁きかけてくる。

「……選べないというなら、どちらもするからな？」

「や……っ、あ、あ……！」

頭を振って拒もうとした途端、長い指が内壁のある一点を掠めて、尚人はびくんっと体を戦慄《わなな》かせる。

「ん……、ここ、か？」

「あ……っ、だめ、だ……っ、あっ、ひううっ」

ルシウスの指が捉えたのは、性器の裏側辺りの部分だった。

そこだけふっくらと膨れたようになっている内壁をこりこりと弄られて、尚人は襲い来る凄まじい快楽の波に目を見開く。

「や……っ、な、なに……っ、や、あ、あ……っ」

そこに触れられるだけで、全身がびくびく震えて、腰の奥に甘い痺れが走る。びりびりと背筋を駆け抜ける快感は今まで感じたことがないほど強烈で、自分の体がこんなに過敏に反応するなんて怖いのに、気持ちがよくてたまらなくて。

「あ……っ、ひっ、ああっ、んんんっ！」

混乱し、翻弄されながらも、膨れ上がった花茎からとろとろと蜜を零して快感を甘受する尚人に、ルシウスがすうっと目を細める。

「……よさそうだな。もっと、してやろう」

「だっ、だめ……っ、あっ、んん……！」

もう一本指を押し込まれ、揃えた二本の指でくるりとそこを撫でられると同時に、放置されていた前を再び咥えられる。

じゅぽじゅぽと淫猥な音を立てて、自分のそこを舐めしゃぶるルシウスをとても見ていられず、目を瞑って手で口元を覆った尚人だったが、与えられる感覚を遮断することなどとてもできない。どころか、視界を閉ざしたことで、余計に鮮明に快楽を拾い上げてしまう。

「ひ……っ、んんっ、んう……！」

ぐいぐいと膨らみを擦った指が、中からそこを押し広げていくのが分かる。とても無理だと思っていたはずなのに、自ら濡れる体にされた尚人のそこは、まるでルシウスの指を喜ぶようにあとからあとから蜜を溢れさせ、男の指を奥まで迎え入れてしまう。

膨れ上がった花茎を唇でやわらかく喰まれながら、三本に増えた指でぬぽぬぽと抽挿《ちゅうそう》を繰り返され、蕩けた粘膜を熱く熱く疼かされて、尚人はたまらず訴えていた。

「も……、も、それ、や、です……っ、嫌……っ」

「……ん」

ぬる、と舌を這わせながら顔を離したルシウスが、後孔に埋めた指はそのままに、伸び上がって尚人に顔を寄せてくる。

「これが嫌なら……、どうしてほしいのだ、尚人？」

「……っ」

（分かってるくせに……っ）

ぬくぬくと指で弱いところを刺激しながら微笑むルシウスをひと睨みし、尚人は噛みつくようにくちづけて言った。

「あんまり意地悪、言うなら……っ、半年後までお預けに、しますよ……！」

「……それは困る」

くっくっと笑ったルシウスが、抜くぞ、と囁いて、ゆっくり指を引き抜く。あ、あ、と上がってしまう嬌声《きょうせい》を堪えたくて、尚人はルシウスにしがみつきながら唇を噛んだ。気づいたルシウスが、しっとりと唇を重ねてくる。

「ん、尚人……。噛むなら、私の唇にしなさい」

傷がつく、とそう言いながらくちづけられて、尚人は小さく頭を振る。

「でき、な……っ、ぁ、ん……っ」

ルシウスはそんな尚人に優しく目を細めると、ひくひくと震える入り口に熱塊をあてがってきた。

「いいから、ほら……、……尚人」

「ん……、ん、んんん……っ」

ぬぐ、と力強い雄《おす》がそこをこじ開け、蕩かされた隘路《あいろ》を満たしていく。閉じかけていた尚人のそこは、けれどやわらかく従順に、ルシウスに開いていった。

だが、いくら体が蕩けていても、初めて後孔を男に貫かれる衝撃は凄《すさ》まじく、尚人は堪えきれずにルシウスの唇に嚙みついてしまう。

うっすらと血が滲んだ唇に、尚人は慌ててルシウスに謝った。

「ん……っ、ごめ、なさ……っ」

「よい、気にするな。それよりもっと、……よいか？」

少し息を乱しながらそう問いかけられて、はいと頷くと、ルシウスが嬉しそうに微笑む。

一番近い距離でのその微笑みに、尚人の胸はきゅうっと甘く痛んだ。

「あ……、あっ、ル、シウス、さ……っ、ルシウスさん……っ」

もうルシウスのことしか考えられなくて、必死にしがみついて繰り返し名前を呼ぶ。ルシウスは尚人に呼ばれる度、ああ、と頷き、キスを落としながらゆっくりと腰を進めてきた。

ぬ、ぬっと馴染《なじ》ませるように小さく前後に揺れながら、やがてルシウスの全部が尚人の中に入ってくる。

いっぱいに開いた入り口にルシウスの下生えが擦れる感触に、尚人はうっすらと目を開けて聞いた。

「ぜん、ぶ……?」

「ああ……、大丈夫、か……?」

「ぁ、は……、はい、……は、あ、……ふふ」

息苦しさに胸を喘がせながらも小さく笑った尚人に、ルシウスが目を見開く。

「……どうした?」

「いえ……。ただ、……嬉しいなあって」

「尚人……」

「……好きです、ルシウスさん。……好き」

噛みしめるように呟くと、しっとりと唇が重ねられる。尚人は自分から唇を開いて、ルシウスの舌を迎え入れた。

「あ、……ん、んん」

「……ん、尚人、……愛している」

「あ、あ……、ん、ん……っ」

くちづけられたままゆっくり体を揺すり上げられて、尚人はルシウスの逞しい体に四肢を絡みつかせた。

奥まで貫いたまま、ルシウスが馴染ませるようにぬちゅぬちゅと腰を送り込んでくる。太い雄で押し広げられた隘路は、少し擦れるだけでも疼くような快楽が滲んで、尚人は知らず知らずの内にルシウスに合わせて腰を揺らめかせていた。

「ん……、んん、ぁ……、んぅ……っ」

キスの合間に漏れる声に、艶が混じり始めたのが分かったのだろう。ルシウスがわずかに腰を引き、先ほど指で触れていた性器の裏側辺りを探り始める。硬い先端にねっとりと膨らみをこね回され、尚人はたちまち瞳をとろんと蕩けさせてしまった。

「んあ……っ、あぁっ、ん、ん……っ、そ、こ……っ」

「ん、……よいのか？」

「ん……っ、うん、んんっ」

夢中でこくこくと頷くと、ぐうっと抉るように強く、そこを押し潰される。

「あぁあ……っ、ひぁあっ、あっあっあ……！」

ぐりぐりと内壁を雄茎でいじめられ、同時に膨れ上がった性器を優しく擦られて、尚人はあまりの快感に頭を振って懊悩《おうのう》した。

「……尚人」

薄く目を開けたルシウスが、じっとこちらを見つめてくる。熱っぽい視線が絡まり合うと、それだけで魔法ではないもので体の奥が蕩け、熱く潤んだ内壁がきゅうきゅうと埋められた雄を誘い込むのが自分でも分かった。

（恥ずかしい……、のに、気持ちいい……）

きゅう、と吸いつくように収縮した隘路に、ルシウスが息を乱す。

「……っ、尚人、そう締めつけては……っ」

「い……、から……っ、もっと……っ」

手を伸ばして、尚人は心のままにルシウスを求める。

「……っと、きて……っ、あっ、ひうぁあぁっ」

掠れた声で訴えた途端、ずんと奥まで重い衝動に犯され、滅茶苦茶に体を揺さぶられる。

熱い息を、蕩けた舌を、唇をまるで食べ尽くすように激しくくちづけながら、ルシウスは強く腰を打ち付けてきた。

「尚人……っ、尚人……！」

なめらかな低い声が、余裕をかなぐり捨てて自分を求めてくれるのが嬉しい。

額に汗を浮かべて自分を突き上げるルシウスの髪に指を差し込んで、尚人は夢中でくちづけに応えた。

「あ、あ……っ、ル、シウス、さ……っ、んん……っ！」

尖った乳首が、破裂しそうに膨れ上がった花茎が、ルシウスのなめらかな肌に擦れて、指の先までじんと痺れが走る。

逃がすまいと腰を摑まれ、舌を強く嚙まれたまま雄の情動を奥の奥までねじ込まれて、あまりに激しい快楽が怖いと思うのに、それ以上に愛おしくてたまらない。

「んんんん……っ、んう……っ、あっあっあ！」

熱い、熱い雄が膨れ上がって、内壁を押し広げ、全部を擦り立ててくる。奥まで埋め尽くされて息苦しいはずなのに、それも分からなくなるくらい、ただ気持ちがよくて。

「も……っ、イッちゃ……っ、っちゃう……っ」

「ああ……っ、私も……、尚人……っ！」

びくびく震える尚人を逞しい腕で抱きしめたルシウスが、もう片方の手を繋いでくる。大きな手でしっかりと繋ぎとめられ、尚人はぎゅっとその手を握り返した。

「ふぁ……っ、あっ、あっ、あぁあ……っ！」

「ん……っ、く……！」

密着した二人の間で擦れた尚人の性器が弾けると同時に、体の奥でルシウスも埒《らち》を明ける。どくっと注ぎ込まれる熱情を、尚人は白く明滅する意識の中で必死に受けとめた。

「あ……、あ、う、あ、あ……」

びくびくとルシウスの雄が跳ねる度、体の奥が気持ちのいいもので濡れていく。断続的に何度も吐精した後、ルシウスは息を荒らげながら尚人にどさりと覆い被さってきた。

「……すまぬ、……少し、このまま……」

「ん……、……はい」

心地いい重みを受けとめて、尚人は繋がれた手はそのままに、空いた手でルシウスの髪を撫でた。サラサラと指の間を零れる髪の感触は滑らかで冷たく、ずっと触っていたいほど気持ちがいい。

呼吸に合わせて揺れるルシウスの長い耳が目に入って、尚人はそっと唇を寄せた。

「……好きです、ルシウスさん」

押し当てるようにして、やわらかくキスをする。

と、その途端、びくっとルシウスの肩が揺れた。

「え……？」

驚いて目を瞠っていると、ルシウスが低い声で呻く。

「まったく、君は……」

「え……、あ、え……っ⁉　あっ、な……っ、なにっ、な……っ、あ、ひぁっ⁉」

まだ後孔に埋まったままだったルシウスの雄に、再びぐじゅうっと奥まで貫かれ、尚人は混乱して悲鳴を上げる。身を起こしたルシウスは、一度放ったとはとても思えないほど逞しく反り返った性器でねっとりと尚人の後孔を擦り立てながら告げた。

「今のは君が悪い。煽るなとさんざん忠告しただろう……？」

「して、な……っ、あっ、あ、や……っ、やぁ……！」

耳に軽くキスしただけなのに、と頭を振る尚人に、ルシウスは低く甘い声で囁いてきた。

「相手の耳に触れるのは、エルフにとっては求愛の印だ。……覚えておきなさい」

「そんな……っ、あっ、あああっ」

そんなの知らないと逃げようとするのに、今度は両手を繋がれてしまう。

「ルシウスさ……、お願い、もう無理……」

瞳を潤ませる尚人に、ルシウスが苦笑する。

「……自業自得だと思って、諦めよ。まだ今日は始まったばかりだ」

「そんな……、んんん！」

目を回さんばかりの尚人に、ルシウスが唇を重ねてくる。

幾度となく繰り返されるやわらかな甘いキスに溺れてしまいそうで、尚人はぎゅっとルシウスの手を握りしめたのだった——。


『花のつぼみもふくらみはじめる、早春のこの佳《よ》き日——』

園長先生の式辞が響く中、尚人は慣れないスーツ姿で園児たちの脇《わき》に控えていた。

並べられたパイプ椅子《いす》にちゃんと座っているユリ組の子たちに、それだけで感慨深いものが込み上げてくる。

（入園式の時は、椅子から飛び降りて駆け回る子とかいたのに……）

お母さんに追いかけ回されていたその張本人である康太も、今日はジャケットに半ズボンの礼装で、卒園生の印の花飾りを胸元につけ、背筋を伸ばして椅子に座っている。

（大きくなるのなんて、本当にあっという間なんだなあ）

——大きくなるの、早いねえ。

かつて自分にそう笑いかけてくれた百合子先生も、こんな気持ちだったのだろうか。子供たちにとって貴重な一時を一緒に過ごせて本当に幸せだったと、そう思って、尚人はふと、康太の隣に座る園児がこそこそと康太に耳打ちするのに気づいた。

半年前には康太よりも小柄だったその子は、この半年でぐんと背も高くなり、今では身長も康太とそう変わらない。サラサラの金髪に琥珀《こはく》色の瞳と、砂糖菓子かガラス細工のような繊細な面差しのその子は、外国人とのハーフだと思われているが、本当は違うことを、この式場で尚人だけが知っている。

——否、尚人と、あと一人だけが。

「ねぇ、あの人……」

「俳優さん……？　見たことないけど……」

ひそひそと、保護者席から浮き足立った声が聞こえてきて、園長先生がごほんと咳払《せきばら》いする。けれど、ずらりと並んだ父兄の中、ひときわ目立つその男の周囲の母親たちは、お構いなしにちらちらと彼の方を見て噂し続けていた。

（……やっぱり目立つなあ）

長いプラチナブロンドをひとくくりにし、きちんと人間と同じスーツを着て、耳も魔法で人間と同じ形にしているのだが、どうもどうしても普通の人間には見えない。

それもそのはずだ。

彼は人間ではなく、この世界とは別次元の世界を統《す》べる、エルフの王なのだから――。

と、尚人の視線に気づいたルシウスが、微笑を浮かべ、小さく手を振ってくる。きゃあ、と父兄席から複数の黄色い悲鳴が上がって、尚人は頬を赤らめながらも苦笑し、視線を前に戻した。康太に耳打ちしていた礼音も、もうちゃんと前を向いている。

半年前、人間の世界に戻ったのは、尚人だけではなかった。ルシウスは、ママとパパがいた人間の世界にもう少しいたい、ちゃんとお友達とお別れしたいと言う礼音と、僕がフォローしますからと言う尚人の説得を聞き入れ、卒園まではと礼音も一緒に人間の世界に戻してくれたのだ。

三週間も行方不明だった尚人と礼音だが、ルシウスが人の記憶を操作する魔法を水晶に封じ込めて持たせてくれたため、周囲は二人が行方不明だったことなどなかったかのような態度だった。

その後は月に一度、リアムが運んでくれる手紙で近況のやりとりをしていたが、最後の手紙で、ルシウスは卒園式に出席すると連絡してきた。

礼音の晴れ姿をこの目で見たい、そしてそのまま三人で帰ろう、と――。

式が終わり、ユリ組の教室に移動した尚人は、集まった園児と父兄の前に立ち、緊張しながら最後の挨拶をした。

「みなさん、今日はご卒園、おめでとうございます。ユリ組のみんなは、誰とでも仲良くできる、とっても優しい子たちばかりでした」

床に座って、じっとこちらを見上げてくる園児たち一人一人に微笑みかけながら続ける。

「年少さんの時には誰も一人でお着替えできなかったけど、今ではみんな、一人でなんでもできるようになったね。君たちの成長が毎日誇らしくて、嬉しくて、今日のこの日まで、本当にあっという間でした。先生のお誕生日にみんなが描いてくれた似顔絵は、先生の宝物です。……ずっとずっと、大事にします」

せんせぇ、と女の子の一人が涙を零す。つられたように周りの子たちも泣き始めて、尚人は込み上げてくる熱いものをぐっと堪えながら笑った。

「……みんな、小学校に行ったらいっぱい遊んで、いっぱいお勉強頑張ってください。先生はいつまでも、君たちの味方です。大好きだよ、みんな……！」

転がるように駆け寄ってくる園児たちを、腕を広げて抱き留める。号泣する子、必死に涙を我慢する子、大好きと泣き笑いする子、みんなを抱きしめて、尚人は微笑んだ。

くる。

「さようなら、……元気でね」

一人一人を園の門で見送り終えた尚人に、桜の木の下で待っていたルシウスが声をかけて
「……尚人」

はい、と涙に濡れた目元を拭いながら振り返った尚人を見て、ルシウスの隣にいた礼音が駆け寄ってきた。

「尚人先生……！　はい、ぼくとおててぎゅー、しよう？」

「礼音くん……、うん、ありがとう」

心配してくれる礼音の小さな手をぎゅっと握って、尚人は用意していた荷物を持つと、ルシウスに歩み寄った。

「……お待たせしました、ルシウスさん」

微笑む尚人に、ルシウスが目を細める。

「ああ。……行こうか」

はい、と頷いた尚人の肩を抱いたルシウスが、礼音と手を繋ぎ、詠唱を唱え始める。

園庭に響く、低く甘い声音に耳を傾けながら、尚人はもう一度、慣れ親しんだ幼稚園の園舎を仰ぎ見た。

青空には、真昼の白い満月が浮かんでいる。

やわらかな光に包み込まれ、尚人は繋いだ手をしっかり握りしめて微笑んだ。

三人の上にひらひらと舞い落ちてきたひとひらの桜の花びらが、まるで星屑のように優しく光り――、春の風にふわりと、溶けていった。

エルフ王と初めての遊園地

ゴーッと音を立てて、ジェットコースターが頭上を駆け抜けていく。

ちょっと首を竦《すく》めてその爆音をやり過ごし、尚人《なおと》はベンチに腰かけている男に駆け寄った。

「ルシウスさん、冷たいお茶、買ってきました。飲めそうですか？」

「尚人……、ああ、すまぬな」

顔を上げたルシウスは、心なしか青ざめている。疲れたような表情を浮かべる父に、その隣に座った礼音《れお》も心配そうに首を傾《かし》げた。

「お父さん、だいじょうぶ？　ぼくがフタ、あけてあげようか？」

「いや……、大丈夫だ、礼音」

ありがとう、と微笑《ほほえ》んで、ルシウスが礼音の頭を撫《な》でる。くすぐったそうに首を竦めて笑う礼音に、ルシウスの表情も少しやわらいだようで、尚人はほっと胸を撫で下ろした。

流れるような金色の髪を一つに束ねたルシウスは、今日は洒落《しゃれ》たジャケット姿で、長い耳も人間と同じ形にしている。礼音の耳も同じくで、この日三人は次元を越え、人間の世界にある遊園地にやってきていた。

というのも、ひまわり幼稚園を卒園し、エルフの世界に戻った礼音が、遊園地に行きたいと言い出したからだ。

どうやら以前、リアムと遊園地に行った際に、身長制限でジェットコースターに乗れなかったことを思い出したらしい。今はもう乗れるようになったのに、結局一度も乗らないままこちらの世界に戻ってきてしまった。一度でいいからジェットコースターに乗ってみたい、とそう言う礼音のおねだりを、息子に甘いルシウスがきかないわけがない。

折角だから親子三人で遊びに行こうということになり、念願のジェットコースターに乗れた礼音はすっかりご満悦でご機嫌だった、のだが。

（まさかルシウスさんがジェットコースター駄目とは……）

普段あちらの世界では、空飛ぶ絨毯《じゅうたん》だの、ドラゴンだのに平気で乗っているのにどうして、と思った尚人の考えが伝わったらしい。ペットボトルのお茶をごくごく飲んだルシウスが、はあ、とため息をついて呟《つぶや》く。

「椅子《いす》にベルトで固定される、というのがどうもな……。あのように自由を奪われては、危機感を感じずにはいられぬ」

どうやら誇り高きエルフの王であるルシウスには、自分ではどうにもならない状況というものが耐え難いらしい。

（怖いっていうより、屈辱って感じなのかな……？）

首を傾げた尚人だが、ずぅうん、と地面にめり込まんばかりに俯《うつむ》き、背後に影を背負ったルシウスは、深刻な表情で呟いた。

「……なにより、絨毯やドラゴンは逆さまにはならぬからな」

（逆さま、駄目だったんだ……）

意外な弱点が判明し、くっと込み上げてくる笑いを堪《こら》える尚人だが、ジュースを飲み干した礼音は口を尖《とが》らせて反論する。

「えー？　さかさまになるの、おもしろいのに。お父さん、こわがりだね」

「……怖がってなどいない。我慢ならぬだけだ」

憮然《ぶぜん》とするルシウスがおかしくて、ついに尚人は噴き出してしまった。

「ふ……っ、あはは、大人げないですよ、ルシウス……っ」

「ね。そうだよね、尚人先生。こわいならこわいって言えばいいのに」

礼音の大人びた言いようがまたツボにはまって、くすくす笑い続ける尚人に、ルシウスが目を瞠《みは》り、そしてやわらかく細める。

「……ふ、そうだったかもな。すまぬ、もう大丈夫だ」

心配をかけた、と詫《わ》びたルシウスが苦笑して言う。

「まあ、あの『じぇっとこーすたー』とやらには、私は一度乗ればもうよい。礼音、もう一度乗りたいのなら、尚人と一緒に行っておいで」

勧められた礼音だったが、んーん、と首を振ると、少し離れたところにある別のアトラクションを指さして言った。

「それより、次はあれ乗りたい。あれなら、さかさまにならないよ！」

行こう、と促されたルシウスが、立ち上がりながらぼやく。

「確かに逆さまにはならなさそうだが、最後に水の中に突っ込んでいっているように見えるが……？」

「うん！　おもしろそうだよね！」

そうか……？　と首を傾げながらも、ルシウスが礼音と手を繋《つな》ぐ。礼音の反対側の手を繋いだ尚人も加わり、三人は園内のアトラクションを次々制覇していった。

背の高いルシウスは、ウォーターライドで案の定誰《だれ》よりも水を被《かぶ》ったが、どうやら吹っ切れて楽しくなってしまったらしい。もう一回、とねだる礼音と一緒に三度ほど繰り返し乗っておおいに水を被り、尚人はその度に苦笑しながら、キラキラ輝く彼らの金髪を拭いてあげた。

他にも、ゴーカートでは礼音が一番になってメダルをもらったし、お化け屋敷ではルシウスが興味津々にお化け役に近づいていくので、尚人は慌てて引き離しに行かなければならなかった。

メリーゴーランドでは、白馬に跨《また》がる金髪のルシウスがあまりにも様になりすぎて、他のお客さんから写真を撮られまくっていたし、飛び入り参加ができるパレードでキャラクターと一緒に踊った礼音は、その後興奮のあまり、ずっとぴょんぴょん飛び上がっていたほどだ。

（礼音くんにとって、今日がいい思い出になるといいな……）

ルシウスに買ってもらった三段アイスを頰張《ほおば》り、にっこにこの礼音を見ていると、自然と頬がゆるむ。口の端についたアイスを拭いてあげながら、自分のアイスティーをすすっていた尚人だったが、そこでルシウスが切り出した。

「……そろそろ帰らねばならぬ頃合《ころあ》いだな」

そう言われて仰《あお》ぎ見ると、確かに空はもう茜色《あかねいろ》に変わりつつある。しゅんとしつつも、はい、と素直に頷《うなず》いた礼音の肩をトントンと軽く叩《たた》いて、尚人は明るく言った。

「じゃ、アイス食べ終わったらお土産買いに行こっか、礼音くん。リアムさんやエドガーくんたちになにあげるか、一緒に選ぼう？」

「うん！　ぼくね、館《やかた》のみんなにも、おみやげ買ってかえるねって言ってきたの！」

パッと表情を輝かせた礼音に、ああ、とルシウスも頷く。

「たくさん土産話も聞かせなくてはな。……だが、買い物の前に一つ、乗っておきたいものがあるのだがよいか？」

「あ、ウォーターライドですか？　随分気に入ってましたもんね」

あれならもう一度自分も乗ろうかな、とそう思った尚人だったが、ルシウスはゆっくり首を横に振る。

「いや……、あれに乗ってから帰りたいのだ」

「あれって……」

ルシウスの視線の先を辿《たど》って、尚人は首を傾げた。

「観覧車……、ですか？」

「ああ。今ならきっと、夕陽《ゆうひ》が綺麗《きれい》に見えるだろう。……よいか、礼音？」

アイスを食べ終わった礼音が、うん、と嬉《うれ》しそうに頷く。

礼音を真ん中にして手を繋いで、三人は大観覧車へと向かった。係員の案内でゴンドラに乗り込み、夕焼け色に染まった遊園地を眺める。

「キレーイ！　キレイだね、お父さん！」

「ああ。……礼音、危ないからちゃんと座って外を眺めなさい」

額と鼻をぺったりガラスにくっつけてはしゃぐ礼音をたしなめながら、ルシウスが外の景色に目を細める。じょじょにゴンドラが上がっていくにつれ、遊園地の外の街並みや海も見えてきて、尚人は茜色に輝く世界に感嘆のため息を漏《も》らした。

「……本当に、綺麗ですね」

尚人がこの世界を離れてまだひと月ほどしか経《た》っていないが、なんだかとても懐かしく思える。

（もしかしたら今度こそ、二度と戻れないかなと思っていたけど……）

もちろん知り合いに会ったりはできないし、自由に行き来できるわけでもないけれど、こんなに早く里帰りができるなんて思ってもみなかった。エルフの世界で生きると選んだことを後悔してはいないし、自分の帰る場所はルシウスの隣だとも思っているけれど、それでも生まれ育った世界に来ることができたのは嬉しい。

言葉もなくじっと外を見つめる尚人に、ルシウスが静かに口を開いた。

「以前、尚人がこの観覧車のことを言っていただろう？　その時からずっと、どんな乗り物なのか、乗ったらどんな景色が広がっているのか、気になっていたのだ」

「……そうだったんですか」

「ああ。なかなかよいものだな。ゆっくり上がっていくのがまた、いい」

どうやら観覧車はルシウスも気に入ったらしい。よかった、と微笑んだ尚人だったが、その時不意に、ルシウスがこちらを振り返った。

宝石のような翠《みどり》色の瞳《ひとみ》にじっと見つめられて、尚人は思わず小さく息を呑《の》む。

夕陽に照らされたルシウスは、改めて美しい男だった。

額飾りや耳飾りがなくとも、豪奢《ごうしゃ》な王の衣装を身に纏《まと》っていなくとも、この人が特別な人なのだと思うのは、自分がこの人のことを愛しているからだろうか――。

「……今まで私は、滅多なことでは人間の世界に行ってはならぬと思っていたが……、こうして思いきって来てみてよかった」

光が零《こぼ》れるような金色の長い睫《まつげ》をゆっくり瞬《しばたた》かせ、ルシウスが呟く。

「尚人の世界を、こうして君と一緒に見ることができて……、よかった」

「ルシウスさん……」

じんわりと胸の奥があたたかくなって、尚人は頷いた。

「……僕も、ルシウスさんと一緒にこの景色を見ることができて、嬉しいです」

「ぼくは？」

振り返った礼音に不意打ちされて、尚人はにっこり笑った。

「もちろん、礼音くんとも見られて嬉しいよ」

よかった、と笑った礼音が、再びぺったりガラスに張りつく。高い場所からの景色にすっかり夢中な礼音に苦笑し、尚人はルシウスに向き直った。

「あの……」

けれど、続く言葉がなかなか出てこない。

（……また来たいですって、そう言ったらやっぱり、負担になるかな……）

他のエルフたちに反対されるのではとか、次元を越える魔法はルシウスの負担になるかもしれないとか、尚人がいろいろ考えて躊躇《ためら》いながらも口を開こうとした、その時だった。

「もうすぐてっぺんだよ……！」

礼音が歓声を上げ、いっそう熱心に外を覗き込む。

気づけばゴンドラは観覧車のてっぺんまで上がってきていたらしい。

前にも後ろにも次のゴンドラが見えず、まるで空の中に三人で浮かんでいるようで——。

——と、その次の瞬間。

「……尚人」

低く小さく囁《ささや》かれ、顔を上げた尚人は。

「っ、ぁ」

すっと近づいてきたルシウスに、ほんの一瞬で唇を盗まれていた。

「ちょ……っ、な、なに、して」

「……誰も見ていない」

慌てて小声でひそひそと抗議しても、しれっとそう言って笑ったルシウスに、再度唇を啄《ついば》まれる。数秒にもならない短い時間、それでもしっかり尚人の唇を甘く喰《は》み、ちゃっかりぺろんと舐《な》めて去っていったキスに、尚人はすっかり真っ赤に茹《ゆ》で上がってしまう。

とても顔を上げられず、俯いてしまった尚人とは裏腹に、ルシウスは何食わぬ顔で身を起こすと、未《いま》だにぺったりガラスに張りついている息子に声をかけた。

「礼音、そんなにも観覧車が気に入ったのなら、また三人で来よう」

「あ……」

弾《はじ》かれたように顔を上げた尚人に微笑みかけながら、ルシウスが礼音を手招きし、膝《ひざ》の上に乗せる。小首を傾げた礼音が、ルシウスを覗き込んで聞いた。

「いいの？　また連れてきてくれる？」

「ああ、もちろんだ。……なあ、尚人」

投げかけられて、尚人は戸惑ってしまう。

「いいんですか？　だって……」

言いかけて迷い、結局は口を噤《つぐ》んでしまった尚人に、ルシウスは言い聞かせるように優しく笑って告げてきた。

「……君が私の大事なものを大切に思ってくれるように、私も、君の大事なものは大切にしたい。だから、またこちらに来よう。……家族三人で、一緒に」

差し伸ばされたルシウスの手に、尚人はおずおずと手を重ねた。

ぎゅっと握られ、握り返して、頷く。

「……はい。また、来ましょう」

ああ、と頷くルシウスの膝の上で、礼音がやったと歓声を上げる。

「じゃあ、つぎはジェットコースター二回のろうね、お父さん」

うきうきと誘う礼音に、ルシウスが眉間《みけん》の皺《しわ》を深く深く寄せて呻《うめ》いた。

「……それは勘弁してくれ」

茜色に染まったゴンドラの中、軽やかな笑いが弾ける。

大事な、大事な温《ぬく》もりをぎゅっと握りしめて、尚人は愛《いと》しい人たちに大好き、と囁いたのだった。

はい、と礼音が差し出したものを受け取って、エドガーは首を傾げた。

「なんだ、これ？」

「おみやげだよ。カエルチョコ。ほら、ほんものみたいでしょ？」

「カエル……」

なんでこんなにリアルなカエルなんだろう、食べにくい。

そう思いながらも、ありがとうと受け取る。

人間の世界にある『ゆうえんち』から戻ってきた礼音は、相変わらず同い年の子たちの中でも一番可愛《かわい》い顔をしていて、ちょっと変わったところがあっても許せてしまう気がする。

最初は礼音のことを『泣き虫レオ』とからかったりしていたエドガーだったが、今なら分かる。あれは好きな子いじめ、というやつだったのだ、と。

エドガーが先日こっそり読んだ姉の本の中に、そういう話が出てきたのだ。

ずっとからかわれて嫌いだと思っていた男の子に突然、今までのは好きな子いじめだった、ごめんと謝られ、強引に迫られてドキドキしてしまう女の子の話が。

「なあ、礼音。おまえ、だれか好きなやついるのか？」

きっと礼音も自分が強引に迫れば、可愛く胸をときめかせるのだろう。

※　※　※

想像すると自分がドキドキしてしまって、エドガーは照れ隠しに口を尖らせながら足で地面を蹴《け》って続ける。

「いないなら、おれの……」

『コイビト』になれよ、とお話の中の男の子のセリフをそのまま口にしようとしたエドガーは、しかし。

「いるよ？」

礼音の一言に、撃沈した。

「い……、いるのか？」

あんぐりと口を開け、そう聞いたエドガーに、礼音がこくんと頷く。

「うん。ぼく、ひまわり幼稚園でいっしょだった康太《こうた》くんと『こんやく』してるの！」

「こんやく……」

「大きくなったらむかえにいくねって、卒園式で『やくそく』したんだ」

「そ……、そうか……。……し、幸せに、な……？」

「うん！　ありがとう！」

頬を染め、えへへと笑う礼音は可愛くて、やっぱり少し変わっていて――。

ちょっぴりほろ苦いカエルチョコが、敗れ去った初恋の味となった、エドガーであった。

あとがき

　こんにちは、櫛野ゆいです。この度はお手に取ってくださり、ありがとうございます。

　今回私にとっては初めての子育てものでしたが、いかがでしたでしょうか。周囲に小さい子供がいない環境なので、いろいろ手探りで書いたのですが、結局一番書きたい、可愛いところばかり詰め込んでしまった気がします。

　本作のカップリングは、エルフの王様×幼稚園の先生です。子育てものにしよう、となった時に、園児たちに懐かれてる幼稚園の先生って素敵だなと思って書いたのですが、尚人は優しくて、でも芯はしっかりしている、子供第一な先生になってくれたかなと思います。辛い過去を乗り越えた分、美しいアルフヘイムで幸せになってくれたらいいな。

　攻めのルシウスは、すごく美形で高貴な王様が実は不器用（手先も子供に対しても）だったら面白い人になるのでは、と思って書いてみました。不器用でも愛情は深い人なので、掛け違えていたボタンさえちゃんと直れば、あとは血のつながりなんて関係なく、仲良しで幸せな家族になるんじゃないかな。ああでも、ルシウスが折り紙をうまく折れるようになる日は来ないと思います（笑）

　礼音やエドガーたちは、登場する度、可愛いは正義……と思いながら書いていました。これくらいの子供はまっすぐで、でも時々大人が思いもしない、ちょっと突拍子もない行動をするのが可愛いですよね。お気に入りは礼音と野菜の対決シーンです。早く和解できるといいね。余談ですが、幼稚園児がよく服の上に着てる水色のあれ、今はスモックって言うんですね。私の時代はスモッグって言ってたな……。それとも地域的な違いでしょうか？

さて、最後になりましたがお礼を。挿し絵を担当してくださった石田要先生、本当にありがとうございました。今回攻めをエルフの王様にしようと思ったのは、石田先生に挿し絵をお引き受けいただけると聞き、石田先生の美形攻め様が見たい……！ と煩悩を滾らせた結果です。表紙もさることながら、口絵のルシウス様が美しくて美しくて、「睫毛……、睫毛いい……」と一人で呟いていて、すっかり危ない人になっておりました。唇もいいですね……。、見つめているだけで天国にいけそうです。可愛い尚人とちびっ子たちもありがとうございました。

ご尽力いただいた担当様も、ありがとうございます。今回もタイトルに難航してしまってすみません……。スケジュール等も、調整のご相談に乗っていただき本当にありがとうございました。

最後まで読んでくださった方も、ありがとうございます。少しでも楽しんでいただける箇所があれば幸いです。それではまた、お目にかかれる事を祈って。

櫛野ゆい　拝

✦初出　エルフ王と愛され子育て……………書き下ろし
エルフ王と初めての遊園地…………書き下ろし

櫛野ゆい先生、石田 要先生へのお便り、本作品に関するご意見、ご感想などは
〒151-0051 東京都渋谷区千駄ヶ谷 4-9-7
幻冬舎コミックス　ルチル文庫「エルフ王と愛され子育て」係まで。

幻冬舎ルチル文庫

エルフ王と愛され子育て

2016年11月20日　　第1刷発行

✦著者	櫛野ゆい　くしの ゆい
✦発行人	石原正康
✦発行元	株式会社 幻冬舎コミックス 〒151-0051 東京都渋谷区千駄ヶ谷 4-9-7 電話 03(5411)6431[編集]
✦発売元	株式会社 幻冬舎 〒151-0051 東京都渋谷区千駄ヶ谷 4-9-7 電話 03(5411)6222[営業] 振替 00120-8-767643
✦印刷・製本所	中央精版印刷株式会社

✦検印廃止

ISBN978-4-344-83852-9　C0193　Printed in Japan